OPEN

NW
NE
MIKA
W
E
KURUMI
AZUMA
SW
SE
KATORI

月
日( )

trapezium

四重星

[日] 高山一实 著

[日] tae 绘

余冬敏 译

新 星 出 版 社 NEW STAR PRESS

四重星
トラペジウム

自偶像文化在日本诞生以来，

每隔几年便会掀起一股热潮，

而如今这股热潮似乎正在消退。

可优羽并不在乎这些。

目录 contents

Ch.1

南之星 —长卷发少女—

*　1　*

计划第一日。

放学后的班会结束后，我像往常一样坐上了下午四点的电车。在这种乡下地方，一小时只有一趟车，所以只要是没有参加社团活动的回家党，我基本都认识。但今天的情况有些不同。

“高桥好像因为逃票受到了停学处分呢。听说是翻围墙时被出租车司机看到了，然后就被举报了。”

“真的假的？开玩笑的吧？”

空旷的车厢内回荡着两位陌生男高中生的对话。随后，出发的广播声响起，电车驶向与往常相反的方向。我到底在干什么？用左手三根手指触摸颈动脉，能感觉到此时强烈跳动的脉搏。明明有多次回头的机会，而我却拒绝了。这是一项愚蠢且毫无胜算的计划，但我还是下定决心付诸行动。

这是一个位于半岛南端，因空无一物而出名的车站。下车的瞬间便能感受到那份冷清。车站里有一个寂寥的公园，茂密的杂草堆里埋藏着游乐设施——风化得只剩下一只眼睛的熊猫，以及看起来好像在流血的兔子。明亮的白天倒没什么，可若是夜晚经过这里，想想都觉得毛骨悚然。我现在只想顺利完成任务，然后赶紧回家。

顺着沿海的大路走了一会儿，一个小小的标识便映入眼帘。从这条路拐个弯，再走一会儿即可到达今天的目的地，比想象中要快。多管闲事的海风正用力地推着我往前走。

圣南TENERITAS女子学院。

庄严的校门正俯视着我，我也不甘示弱地回瞪了一眼，还有那雕刻成凡尔赛玫瑰风格的石碑，我也顺便回敬了一脚。来之前我已经用谷歌的街景地图查过，知道这里没有门卫室，现在也的确一个门卫都没见到。

不过这种供大小姐就读的私立学校可没那么简单，所以不会让外人如此轻松地进入校园。

“站住，你是干什么的？”

“我吗？”

“这里难道还有别人吗？”

环视四周，确实没有其他人。这位穿着白色西装校服的女生用犀利的目光盯着我，那眼神仿佛在凝视一只破了洞的袜子。只见她傲慢地抱着胳膊，一步一步向我逼近。

“你来我们学校干吗？”

“我只是随便溜达溜达，就到这儿了。”

“没有任何目的，随便溜达溜达就来到这么偏僻的地方，你觉得我会信吗？”

“……”

为了不引人怀疑，或许我该如实相告？可就算我实话实说，她也不会轻易相信吧。

“喂，可疑的人，跟我一起去老师办公室吧。”

“我可不是什么可疑的人。”

“那你是什么？”

“我只是……朋友……”

“……朋友？”

“我只是想来这所学校交朋友而已。”

“哼，这也太可笑了吧。”

眼前这位女生大声地哼了一声，随后用手按着眼角大笑起来。这一连串的动作毫无优雅可言。

“那怎么行？你穿得这么‘好看’，我们学校的学生可配不上你。听懂了没有？你看看你，那裙子开衩开得跟兜裆布一样，还有脖子上那根丝带，像韭菜似的。真是有品位啊，我可做不到。”

“你……”

“跟你有太多牵扯怕是会惹麻烦的，我先告辞了。对了，你刚刚踢TENERITAS牌子的事，我就当没看见。还不快谢谢我？”

我盯着她远去的背影，一边梳理着现在的状况，一边想要冷静下来。然而，抑制愤怒可不是件容易的事。

“嘁，什么鬼TENERITAS……”

我朝那可恶的背影竖起了中指。没想到竟然被人莫名其妙地嘲讽了一番，但我穿的城州东高校服确实饱受差评，这对当地人来说也是众所周知的事实。

全国调查的结果显示：在升学、考学时，选择“在意校服”的初中女生占六至七成，认为“校服是影响择校的关键因素”的学生亦占半数以上。总之，每两位初中女生中，就有一人是根据校服来选择学校的。

即便如此，东高的入学竞争依然激烈，而且具有一定的品牌影响力。因为它的传统与魅力能弥补其土气校服的不足之处——这不是令人自豪的地方吗？

若“TENERITAS”在拉丁语中真的是“温柔”的意思，那么刚才那位大小姐应该被开除才对。不如建一所IRONY（注：挖苦）女子学院，让她尽快办理转学手续吧。

* 2 *

走进校园，宛若仙境般的景色便映入眼帘。阔叶树笼罩着校舍，树下有几张长凳供大家享受凉爽的树荫。喷泉在夕阳的照射下闪耀着美丽的光芒。

望着眼前这一切，不禁令人怀疑这真的是一所学校吗？

我曾几度与刚刚放学的圣南女高的学生擦肩而过，但方才心灵所受的伤害使我无法迈出脚步上前与她们搭话。不安与焦虑涌上心头。就在我的自信即将消失的时候，一位背着网球拍的女生走进了我的视野。

“等等！”

见到她的瞬间，我便被她的外表吸引了。我原打算先打听打听再开始行动，但我现在改变了主意。我拼命追赶，可她已走进网球场里。眼前的她仿佛一块闪闪发光的金子，我的视线被她深深吸引，不禁用力抓着球场的铁丝网。

“喂。”

“嗯？”

“你来网球部有什么事吗？”

回过头，发现身边站着一位穿着网球裙的小个子女生。长相酷似年轻时的榊原郁惠。

“那个……”

“你这身校服……是东高的吗？”

“对。”

“原来如此，你是来侦察的吧？”

“什么？侦察？”

“没想到连东高的学生都来侦察了。看来我们的实力变强了呀。机会难得，要不要切磋一下？”

“不，我……”

“来嘛，来嘛！”

她把一个球拍硬塞给我，我也只好紧紧握着拍杆。虽然只在体育课上打过网球，但我对自己的运动细胞很有信心。关键就看对手了。

“你先跟她过过招，让我们瞧瞧你的本领。”

那位长得像榊原郁惠的女生居然将“纯金”女孩带了过来。

近距离端详，更觉得她眉清目秀，美到令人紧张。我要尽量避免将球打到这张脸上。

“我叫东，请多多关照。”

“东，我叫华鸟兰子。来吧，要全力以赴噢。”

连名字都这么美的她朝我微笑着说。此时此刻，以前在妈妈老家看过的漫画便在我脑海中浮现。

“……蝴蝶夫人？”

长卷发上绑着大大的发带，完美的身材比例，宛如从漫画中走出来的女孩子。没错，这位叫华鸟的南之美少女简直就像是从《网球甜心》中走出来的龙崎丽香。

“比赛结束。华鸟胜。”

最后华鸟连续赢球获胜。虽说输了比赛，但最后一局我们打成了平手，对于我这个外行来说，这个结果已经很不错了。搞不好我真有打网球的天赋呢。

“东高的这位，请回吧。”

“啊？”

“郁惠”强行拽着我的手腕要拉我走，完全不理会我的意愿。

“是我看走眼了，你居然输给了那个华鸟。”

“等等……”

“你这种小喽啰真是毫无用处，再见。”

还没来得及和华鸟打招呼就被赶出了网球场。我头顶上浮现出一个大大的问号。绝不能就这样默默地离开。不然等华鸟社团活动结束吧。但我又不想再次见到那个“郁惠”。

“东！”

这时，我听见铁丝网那边有人在喊我。看来连老天都在帮我啊。只见纯金女孩向我跑来，头上大大的发带也随之摆动。

“我们换个地方吧。”

华鸟抓住我的手腕，从她那纤长白皙的手里传来的体温令我不禁紧张起来。这感觉与刚刚“郁惠”抓着我的时候完全不同。

我们来到校园里，华鸟松开手，轻轻坐在长椅上。

“东，我是来谢谢你的。”

“谢谢我？”

“没错。在比赛之前，你喊了我一声‘蝴蝶夫人’，对吧？”

“对。”

“我好开心呢。我啊，就是因为特别喜欢《网球甜心》，所以才加入网球部的。”

“我也很喜欢！以前在我妈妈的老家看过漫画……”

“东，老实说，你是什么社团的？”

“啊？”

“你绝对不是网球部的。”

“……”

“因为我居然打赢了你，这简直不可能。”

华鸟悲伤地低下头。刚刚还盛开着的玫瑰花正脆弱地凋零。

“……对不起。”

“你用不着跟我道歉啊。说起来挺不好意思的。别看我这副样子，实际上谁都打不赢。”

真是出乎意料。第一眼见她时，我觉得她是一个完美到无懈可击的女生。然而，现在的她却又显得那么的柔弱、敏感、可爱。

“虽然不知道你为什么要来这里……但无论如何，我还是要谢谢你。”

“其实，我是想来这所学校交朋友的。”

“交朋友？”

“是的。感觉很奇怪吧？”

“是挺奇怪的。”

华鸟眯着眼，既温柔又优雅地大笑起来。

“不过，对于‘奇怪’这一点，我们倒是不相伯仲。”

她再次拉起我的手，轻轻地握着。华鸟的手指纤细美丽，看起来并不适合运动。而我的手却大得像个男人，这让我挺不好意思的。

“如果你不介意的话，我可以成为你的朋友，算是感谢你叫我蝴蝶夫人吧。”

我心满意足地回到家，推开自家的铁门。那种满足感甚至比通过英语考试准一级时还要强烈。回来时遇到邻居阿姨，我试着跟她说了声“阿姨好”，她只是满脸意外地回了句“你回来了”。我到底在期待些什么？这个早已习惯的生活环境，换个角度看竟显得那么寒酸。

我没有去客厅，而是径直来到我这只有五帖榻榻米宽的房间，坐在椅子上，进行短暂的回想。不管怎样，总算是完成任务了。初次尝试能有这样的结果，已经很不错了。

我将连伊能忠敬（**注:伊能忠敬，是日本江户时代的商人、测量家。是第一个制成日本地图全图的人**）都甘拜下风的手绘地图铺开在桌子上，在位于地图下方的“圣南TENERITAS女子学院”上打了一个大大的“×”。同样放在桌子上的还有升学志愿调查表，不过我什么都不想填。

手机响了。是刚才那位大小姐打来的。我在通讯录里将她的名字备注为“南”。

Ch.2

西之星 —萌萌袖少女—

（注：萌萌袖源自日语『萌え袖』，实际是指在秋冬季节时由于天气寒冷，女孩们因为怕冷而把手缩进袖子中，只露出部分手指的样子，显得可爱动人。）

* 1 *

电车由东向西行驶，今天亦在一个陌生车站下车。这座车站附近有三所高中，我对它们的特色与校服也有浅浅的印象。在这个人口并不多的生活环境中，学区内的信息基本上都不是秘密。但圣南TENERITAS女子学院是个例外。盛传那里的学费是公立学校的五倍以上，还有小提琴、竖琴、古典芭蕾等艺术课程。不过我身边没有人上那所学校，所以事实如何也无从知晓。直到我遇见“南”。

接下来要去的学校也没有熟人。但那是一所拥有五十年历史的老牌学校，而且我还得到了“有力的情报”。

我与放学的人流逆向而行，来到学校正门口。跟那天不同，今天与我擦肩而过的是男生、男生、男生，而且没有一个人穿校服。或许因为这所学校是五年制，他们看起来都比我成熟。没错，眼前这所学校并不是高中。我的下一个目标是“西工业技术高等专科学校”，偏差值为六十六。

我在四五岁的时候跟妈妈两个人来过这里一次。当时是参加被称为“工业祭”的西工业技术高专的文化节。时隔十年再次来到这里，并没有想象中那么怀念。虽然残存的记忆仅剩“来过”这一事实，以及当时捞金鱼的短暂时光，但那些被遗忘的光景如今再次鲜明地浮现于脑海之中。

我人生中第一次捞金鱼，就是在一间教室里。不管我弄破多少张纸网，高专的大哥哥都会给我换新的。多亏了他，我才能捞到心仪的红色金鱼，大哥哥们也替我感到开心。我记得他们用透明塑料袋给我包好的礼物里，还送了我两条金鱼。真的是好棒的惊喜，我当时高兴得不得了，好像都忘了给他们道谢。

那时的金鱼如今依然待在我家的鱼缸里。他们送我的两条金鱼中，有一条在金鱼界的生存竞争中幸存了下来。那家伙虽然在弱肉强食的世界中完美制胜，但最近脊骨也开始有点弯曲了。总是一副扑克脸的它，今天也是独自在鱼缸里漂泊吧。不过，我现在可没时间像金鱼一样漂泊。性格温柔、笑容令我记忆犹新的捞金鱼的大哥哥——今天也一定会有他那样的高专男生温柔地向我伸出援手吧……

“你在等人吗？”

“……没有。”

“哦，那给我留个电话吧。”

“……”

我开始深刻检讨自己在两秒前的想法。眼前这位男生……穿着超低胸的V领衫来学校真的合适吗？他下身穿着一条黑色紧身裤，大腿那里绷得紧紧的，感觉走路都费劲。与其这样，还不如穿优衣库的POLO衫配驼色裤子，那可比这好多了。老老实实穿着妈妈买来的衣服，其实那样的搭配更会给人留下好印象。

“不好意思，我没带手机。”

被我冷淡拒绝后，他把嘴噘成小夫那样就走了。我将握在手里的手机悄悄塞进包里。我只是觉得“真的很抱歉”，至于对他的罪恶感，就让它随风去吧。

先不说这个，还有一件事我方才就注意到了。前方大约三十米处，一进大门左转有个自行车棚，我强烈地感觉到那里有道视线一直盯着这边。不，已经不是“感觉”了，而是确确实实有个家伙正在看着我。即便很远，但那绿色格子衬衫正凸显着他的存在。

（他说不定还以为自己藏得很好呢。）

这个时候应该是社团活动的时间，可还是不断有放学的学生涌出校门。普通高中一天有六节课，而高专应该是八节课。这么算来，现在应该正好放学，是那些没有参加社团活动的学生的回家高峰期。那个绿衣男会在这个时间点现身自行车棚，想必他没有参加任何社团活动。

我迈着沙沙的脚步声走向自行车棚。绿衣男注意到我正向他靠近，于是立刻转移视线，并故意装出一副要开自行车锁的样子。只见他将钥匙插进锁里又拔出来，不断重复着这毫无意义的动作，显得极不自然。随着距离的拉近，我渐渐看清他被自行车挡住的下半身，一条驼色裤子进入我的视野。他将裤腰拉得很高，所以依稀可见脚踝处的白色袜子。这身打扮虽然有点丑，但给我留下了不错的印象。我便放心地与他打招呼。

“不好意思。”

“……嗯？”

他松开自行车锁，小声回应我。

“我想向你打听点事情，可以吗？”

“向、向我吗？”

“当然啦。”

“……”

可能是自然卷的缘故吧，他的头发显得乱蓬蓬的。镜片厚厚的眼镜很有重量感，但那高高的鼻梁倒也将它支撑得稳稳当当。我向前走了一步，摆出一副催促他快点回答的姿态，这才发现他的皮肤竟好得惊人。别说青春痘和胡子了，就连毛孔都看不到。那白皙美丽的肌肤甚至令人一度怀疑他是否涂了粉底。可那浑身散发的气质又很难将他定位为无性别男孩。或许这就是天生丽质吧。

“我想知道机器人研究会的活动地点在哪里，你能告诉我吗？”

“啊……没问题。”

他支支吾吾地回答我。我说话也不粗鲁，但他身上散发出的这股稚嫩气息又是什么回事？

“……嗯……沿着那边那栋楼旁边的路直走……然后右转，再走一会儿就是校园了。然后再……啊……这样啊……嗯，不对……还是我……啊……我带你过去吧。”

“啊？你这是准备回家吧？这样好吗？”

“没关系的……我是觉得我说了你也不一定明白。”

“太好了。那就麻烦你啦。”

“机器人研究会应该是在实习室隔壁的板房里活动……请走这边。”

我乖乖地跟在他后面轻轻地走。他只比我高一点点，这背影总觉得不太靠得住。

“我说这位小哥，刚刚你一直在自行车棚里盯着我看吧？”

“……咦……不是……我只是……你的校服。”

果然不是我的错觉。

“校服？啊，我明白了。你肯定也在想‘这么老土的校服到底是哪所学校的’，对吧？”

虽然还要与这身校服相处两年多，但自从被TENERITAS的大小姐嘲讽之后，我就自卑得不得了。今天就应该穿私服来的。

“不是的，我只是……很喜欢女高中生的校服而已。”

他坦露心声后，就用食指搓着太阳穴嘿嘿地笑了。

“……”

刚才自行车棚里，他的确是直勾勾地盯着我。他对校服的憧憬化成一团耀眼的光芒，并进化成一束超越物理法则的光线刺向我。

走近他，主动与他搭讪的我，却在无意中被他引导。

并不是被吸引，而是他在这个年纪就能看得如此明白，认识到自己喜欢校服并敢于承认，这份坦诚令我感觉到一种违和感。我一直以为是因为成人之后接触校服的机会少了才会意识到校服的好，从而养成这种恶趣味。而他在这种年纪就意识到自己的喜好，所以应该会提前进入"那个领域"吧。不过，这个男生从刚才开始就一直盯着斜下方。他这么做的动机也是个谜。自从我找他搭话之后，他就一次都没直视过我的眼睛。

"你既然那么喜欢，就多看看吧。现在不抓紧时间看，将来再看的话，说不定就犯法了噢。"

"不了，离这么近，总觉得太刺激了。"

虽然嘴上那么说，可他还是瞟了我一眼，这小动作可逃不过我的法眼。这种眼角膜级别的变态着实无药可救，所以我岔开了话题。

"你们高专里女生真的很少吗？"

"是的。"

"从刚才开始我就一个女生都没看见呢。"

我四下张望，感觉总是能与周围的高专男生四目相对。抬头望向身边的校舍，发现三楼窗户那里有人正对我们指指点点。糟糕……看来我这身校服真的是太土太扎眼了。我只好低着头往前走。这时，前面传来一个声音"明天给我老实交代噢"。我依然低着头，心想绿衣男应该是碰到熟人了。就在那人快要擦肩而过的时候，我瞥了一眼他的表情，那家伙正坏笑着朝绿衣男使眼色呢。

“不好意思，我好像给你添麻烦了。”

“不，没有没有。”

我偷偷地看了他一眼，见他依然默默地笑着，我也就放心了。接着他又小声嘀咕了一句“这是宝贵的经验”，我也不禁笑了起来。

“高专的女生真的很抢手吗？”

“是的。这里几乎全是男生，只要是个女的大家就会觉得她很可爱。前、前面那里就是实习室，马上就到了。”

我试图将注视着他的视线转向远处的实习室，却被左边一个受污染的泳池吸引了。这个泳池与东高那一年四季都干净无比的温水泳池大不相同，甚至连顶棚都没有，只是简单地用栅栏围着。由于还没到游泳的季节，泳池里的水都变成了茶色，浑浊不清。同样脏兮兮的泳池边站着一位学生，而且是女生。

不会吧，那是——

“欸，等等。那个女生是——”

“啊，你也认识她？她就是去年的NHK机器人大赛上一战成名的——”

大河久留美。她就是我今天的猎物，没想到这么顺利就找到了小白虎（**注：传说中西方的守护神**）。

“她可是我们学校的公主噢。可是她为什么会来泳池边？”

“公主……”

应该不仅仅是这所学校的吧。大家在网上也是这么称呼她的。

＊ 2 ＊

在去圣南TENERITAS女子学院的很久之前，我就知道她的存在。

“来女校参加教育实习的男生很抢手”“男校里唯一的年轻女教师简直能享受女神级待遇”等,小说中经常能看到这种后宫或是“万绿丛中一点红”的情节。但听到“高专女生很抢手”这种传闻时，作为同性，首先还是觉得很羡慕。同时我也在想，那学校里最可爱的女生岂不抢手得要命？这种“高专最有人气女神”的传说吸引了我。于是，去城州唯一的高专——西工业高专，成了我所有计划中最早定下来的一项。

我在雅虎的照片搜索栏输入“西工业技术高等专科学校”，便出现了我想看的校舍以及校门的照片。

“警备好像一点都不严。”

了解了学校的大致情况后，我便放下心来。就在这时，滚动鼠标的手突然停了下来。一张照片闯进我的视野。我立刻移动光标点击照片，一位身穿工作服的可爱女生便铺满了整个电脑屏幕。我继续点击照片下方的链接，于是知道了她的身份。

链接跳转至题为“照片！在高专机器人大赛中引起热议的绝

世美少女——大河久留美”的网页。内容为:在去年NHK播放的机器人大赛中，西工业高专有位超级可爱的女生引起了热议。摘录了Twitter以及2ch上的几条博文，还特意配了一些照片制作成网页，这令我觉得她不是一般人。“久留美是机器人界的公主”网页的最后是这句强而有力的总结。

“在网上看到过一点她的介绍。她果真很有名吗？”

“上电视后的那一个月真的不得了,粉丝都跑到我们学校来了。”

“粉丝？”

“没错。媒体的力量真是强大，久留美在这一片可有名了。啊，这都半年过去了吧。”

“她当时有名到什么程度？”

可我在搜索“西工业高专”之前都没听说过她。

“说是有名,不如说这附近的高中生都知道她。但是过了这么久,该知道的基本也知道了，所以最近骚动的粉丝也渐渐消失了……”

原来如此。就像如今这个年代，几乎没有人再提起坂野丹迪，但曾凭借“Get's！”这个哏风靡一时的他，早已深深铭刻在那个年代的人们心中。这两者应该是一样的道理。

“话说……你是几年级的？”

他一直看着地面，所以我没意识到这个“你”指的是我，可当下这种情况，他也只能是跟我说话吧。

“我吗？我高一。”

“噢，怪不得。也就是说，你去年还是初中生，她出名那会儿估计你正在备考，所以不太清楚。”

一旦知道我比他小，他的语气就变得随意起来了。而且，我感觉只要一提起久留美，他就会打开话匣子。难道是我的心理作用吗？

“那个……你……为什么要去我们学校的机器人研究会？当然，如果你不想说的话，不说也可以。”

“其实我就是想见她。”

“啊，这样啊。你是最近才知道她的存在，然后就迷上她了吗？”

“嗯，简单来说就是这样。”

“如果是半年前的话，你应该会吃闭门羹。不过现在的话，她应该会听你说话的吧。”

“欸？这是为什么……”

我话还没说完他就走了，我连忙追了上去。已经没必要再去实习室了。他来到泳池的铁丝门旁，毫不犹豫地将手搭在门上。

＊ 3 ＊

“我还在想你这幽灵部员终于肯现身了，没想到还带了个女生啊。”

“嗯。”

虽然我很想瞪正在偷笑的绿衣男一眼，但在大河久留美面前，我必须注意自己的表情。没想到带我来这儿的男生也是机器人研究会的一员。不过，比这更令我惊讶的是，此时此刻近距离见到的大河久留美本尊，有着比照片上更圆的下垂眼以及淡淡的眸子。五官不算立体的脸颊与薄薄的嘴唇奠定了她“可爱”的人设。她留着比我稍长的齐刘海短发，还用兔子发圈在头顶扎了个辫子。虽然个子很小却刻意穿了一件大码的长袖运动服。不过，也只有她这种娇小的身材才敢这么穿，一般人穿起来可能就会显得臃肿。虽说衣服不厚，但在这个季节穿长袖运动服，难道不会热吗？她是为了防晒才自然而然地穿上了长袖，还是在耍小心机才这么穿？我琢磨不透。与可爱的外表相反，她那不悦的语气令我产生了一种违和感。不过，或许是因为她那嗓音又高又细，倒也没给我留下什么不好的印象。

久留美毫不客气地调侃完他，便若无其事地转身走向50米泳池，在泳池边的正中间坐了下来。她将之前捞上来的机器人再次放在水面上，然后开始摆弄起电脑和遥控器。

“那个，差不多该回家了，我就先告辞啦。”

“谢谢你。”

我感谢他花这么长时间为我带路，他顺势向我要电话号码，我也告诉了他。只要保持这么远的距离，就不用担心我们不自然的对话传到久留美耳朵里。

“加油噢。”

他终于透过厚厚的镜片，用细长的双眼望向了我。

瞬间，整个世界都安静了。

待我回过神来，已不见了他的踪影。

"……"

真是一次不可思议的邂逅。一个喜欢女生校服的奇怪男生。没想到他最后竟然露出了那样的眼神。

他帮了我大忙，我必须做点什么报答他。然而，现在这里只剩下我一个人，这种状况在大河久留美看来确实有些莫名其妙。

她着迷地摆弄着机器人，都没注意到这里只剩我一个人。我轻轻地走向泳池边。当我悄悄地、悄悄地慢慢靠近时，察觉到动静的久留美望向我,并急忙捞起机器人。我一边注视着她,一边向她靠近。

"那、那个机器人真棒啊。"

"……"

"我是城州东高中的，我叫东。"

"……"

"你刚才在干什么呢？可以的话，我想参观一……"

"等、等一下。"

她打断了我的话，仿佛在阻止我继续靠近。

"你突然跑来这里干什么？"

她挠了挠放在面前的手，满脸困惑地望着我。

"那个，我不是什么可疑的人。我只是对机器人有点兴趣才来这里的，不过好像也没什么特别详细的理由……”

“嗯，总觉得莫名其妙的。不好意思，我先走了。”

她慢悠悠地说道，语气却又那么坚定。只见她抱起方才摆弄的机器，放进身边的手推车里，然后头也不回地离开了泳池——匆忙间，想要喊住她亦是徒劳。

“失败了……吗？”

我的书包里小心翼翼地装着“新手机器人组装套件”，本来准备待会拿给她看的。这个在亚马逊上要卖六万日元。为了今天这个日子，我可是打碎了自己的存钱罐才买到的。现在看来，好像是白买了。按照我的原计划，应该是我向她求助“这个说明书比想象的难多了，根本搞不懂”，然后她帮着我一起组装。我明知不会那么顺利，却依然抱有一丝希望。看来是我没有意识到理想与期待的差别。理想是自己一个人描绘的，而期待则需要他人的协助。以后还是不要再期待什么了。

抬头仰望，天色已暗。长着青苔的绿色泳池边，还有那茶色的池水与现在的我特别般配。我用力将耳机塞进耳朵，强行抬起如灌铅般沉重的双腿。今天我已不想再见任何人。归途中，我想象着耳机里歌词的意思，此时此刻，我只想尽最大努力融入歌曲的世界。

＊ 4 ＊

脱下平底鞋踩到地板上，双脚的疲惫立刻被地板吸收。今天回家后的流程与往常一样，我依旧走向自己房间的书桌。随后，脑海中自然而然地反省起这不堪回首的一天。

接下来该怎么办呢？我也可以改变方案，去西边其他学校寻找目标。可是，还有如此令我迫切渴望的人物吗？我觉得无论怎么寻找，都找不到第二个大河久留美了。

找今天帮助我的那个男生商量一下吧。虽然我只是将自己的电话号码告诉了他，并没有他的号码，但是现在有一个很方便的APP，只要对方保存了我的手机号，就会自动给我的账号发消息。我已经将他添加为好友。他的备注为“真司”。

（今天谢谢你。你走之后久留美也很快离开了……都怪我惹她不开心了。实在抱歉。）

他收到这条坏消息应该会很惊讶吧。等回信时，我看着“真司”的头像打发时间。他的主页背景是美丽的夜空。我原以为会是穿着校服的二次元少女，因此现在竟觉得有些失望。头像则是系统默认头像。最终我只得到一条他的个人信息——他叫“真司”。

回到聊天界面，刚发送的消息显示为“已读”，通知栏上很快便出现了新消息提醒。

（今天该我谢谢你才是。其实我刚到家，久留美就给我打电话了。她问我“刚和你在一起的那个女生到底是什么人”。）

这种时候，如果是喜欢的人发来消息，应该会琢磨一个既不快又不慢的时机进行回复吧。而我则是毫不犹豫地给他回了消息。

“是吗？不好意思啊，让你左右为难了。”

真司究竟是如何回复久留美的？正当我准备发消息问他时，他又发来了消息。

（关于你的身份，我觉得我回答得很好。久留美好像也希望再次见到你。还说下次要帮你好好看看那个机器人。）

我离开高专是下午六点半左右，现在是晚上八点四十七分。在这短短的两个小时内，究竟发生了什么？如此瞬息万变的状况令我感到困惑。或许是沮丧与喜悦的落差过大，看完消息后，我瞬间开心起来，但那份喜悦中却夹杂着些许焦躁。

（谢谢你。我后天去拜访她。）

我原本想尽快去找她，但天气预报说明天有雨。再者，我想利用这一天时间多了解一些关于机器人大赛的事。与安心同时到访的还有食欲，于是我走向客厅，吃完今天的晚饭——螃蟹奶油可乐饼。之后睡意来袭。于是我躺在沙发上，打算小睡一个小时。然而当我醒来时，阳光已经从窗帘缝隙照进来了。

* 5 *

“啊，东。”

她站在泳池边朝我挥手，我也向她挥挥手。这欢迎的气氛真是棒极了。她一笑起来，那下垂眼愈加下垂，同时还露出洁白的牙齿。那副笑容似乎自带得意的音效。今天，她的左手边依然放着一堆没有生命的东西。

久留美让我来她的右手边，于是我与她肩并肩坐在一起。这次的待遇与上次截然不同，令我有些不好意思。就在这时，她先开口了：

“上次是我太没礼貌了，真是抱歉。”

“没有没有，都怪我太冒昧了。”

“你没有错。我都听小真说了。你今天也是特意坐了一个多小时电车赶过来的吧？当我听到你对机器人的热情时，确实有点惊讶……不过，我现在已经切实感受到了。”

看来真司为我做了一个机器人发烧友的人设啊。不过多亏了这个人设才有了今天的会面，我自然不会责备他。但如果他能提前跟我说一声就好了。话虽如此，我也绝不能就此丢掉真司交给我的接力棒，所以我愈发小心谨慎地与她交流，努力不暴露自己的缺点。

“很少有女孩子会喜欢机器人，所以我一直很想来见见你。因为你很有名。”

"……"

久留美的面部微微扭曲了一下。果然，她似乎并未因自己声名远扬而感到开心。

"我知道了你，然后就贸然前来，实在是抱歉。我还是先自我介绍一下吧。"

我向久留美做了简单的自我介绍。我喜欢追星，小时候练过古典芭蕾，不过现在已经不练了，之前去卡拉OK唱歌时第一次得到了100分，拼不好在田宫买的机器人……我用自己擅长的英语向她介绍了这一切。只有最后那件事是个弥天大谎，因为我无论如何都想在自我介绍中加入"机器人"这个单词。

"太厉害了！英语说得好流利啊！我没有听错吧？你去田宫买了机器人？"

"是的。"

"真好啊。我都没去过呢！"

说着，她又得意地笑了。见她这样，我心想成为一个真正的机器人发烧友好像也挺好的。

久留美的言谈举止十分温柔。完全感受不到之前与真司说话时那种不悦的语气。或许这才是她平时的样子吧。不过，我好像能从她对真司的那份冷淡中感受到爱意。

"那个，有件事我上次来就很好奇，可以问问你吗？"

"你说。"

“你为什么要来泳池边？”

机器人研究会的据点好像在别处，而且这所学校是机器人强校，应该还有很多部员才对，为什么她会一个人在这里？

“我跟他们吵架了。”

“吵架？”

“是的。说来话长，但我还是希望你能听我说说。”

“我非常乐意，请说给我听吧。”

“谢谢。在去年的机器人大赛中，我们学校制作的‘跳跳兔机器人’获得了最佳设计奖。也因此获得了评委的推荐，得以参加全国赛。今年大家也想一起参加全国赛，所以他们都以最佳设计奖为目标，正在讨论设计方案……可我讨厌那样。无论如何我都要做出一个能真正赢得比赛的机器人。”

“那你就做一个既有设计感又能赢得比赛的机器人不就好了？”

“这是很难两全的事。如果要注重性能，那多余的装饰就会很碍事。这一年来，我也在尽力拓展自己的编程知识，想试试有没有可能使用C++或是Java……”

“你会C++啊，真是太厉害了！虽然我们是同龄人，但我好尊敬你。”

“是吗？我好开心啊。”

她口中的C++和Java被称为面向对象的编程语言，学习难度相当高。看来之前预习的效果显现出来了，就算她说这种专业术语，我也能很好地应对。

“即便获得最佳设计奖也未必能参加全国赛。必须有评委的推荐才能获得参赛资格，而这完全取决于评委的喜好。但如果获得冠军的话，就一定可以参加全国赛。去年我们第一场比赛就输了，今年我还想在国技馆再战一次。”

说话的同时，她用温柔的目光凝视着身边的机器人。

“那个是？”

“我请机械班帮我试做的机器人，准备在今年的比赛上用。虽然还在实验阶段，但足以用来测试我的编程是否能控制它了。现在的确是我一个人在擅自行动，但我觉得只要做得足够好，大家应该也会认可的吧。而且每个学校可以有两支参赛队伍，只要再有两个人支持我就够了。”

日本人喜欢顽强拼搏的人。更何况是看到这样一个美少女拼命努力的样子，应该没有人会不支持她吧。我原以为高专女生只会对着追捧她们的男生恃宠而骄，可如今我很想告诫那个对她持有偏见的自己。

“不过，今年的主题好难，真让人伤脑筋。”

她将视线落在茶色的泳池里。

“今年是水上竞技。好像是第一次尝试这个主题，所以公布主题时，大家都不知所措。在国技馆铺设水池，这还是头一回，真是不可思议。”

“这个浑浊的泳池，好像有点够呛啊。”

“嗯，确实很不完善。”

见久留美满脸愁容，我想到了一个好主意。

“不如去我们学校，看他们能不能借给你用一下？”

久留美目瞪口呆，大约停了四秒之后，连眼睛都不眨地猛力点头。这样一来，我就可以再次见到久留美了。

“我回来了。”

“优羽，你又这么晚回来，去哪儿了？”

“我留在学校学习了。哇，今天吃白菜肉卷啊。”

我正一个人开着庆功宴，享用着非常喜爱的食物。这时，手机屏幕亮了。

（今天怎么样？）

是真司发来的消息。

“跟久留美聊了好多……”

（你成功啦！太好了！）

虽然只有短短几个字，我却从感叹号里看到了真司开心的笑容。

“优羽，你要么好好吃饭，要么就玩你的手机，自己选择！”

“OK。我吃饱啦。”

我躺在沙发上思考着如何回复真司。

“你为什么对我这么好”——这个问题是不是太沉重了？

最终我什么也没回，而是关掉了手机屏幕。

洗完澡之后，发现久留美给我发了条消息。她用非系统自带的可爱的颜文字和兔子以及爱心代替标点符号。这个人果然很了解自己的强项。消息内容是说希望我一知道哪天能使用泳池就立刻告诉她。

（包在我身上！）

我如此回复，并制定了从游泳部手中夺取泳池的计划。至于被我忘得一干二净的作业，明天早上再做就好了。

Ch.3 东之星 ——渴望闪耀的少女——

* 1 *

我原本只是打算接近大河久留美，结果却帮助西工业高专获得了亚军。

没想到华鸟家院子里竟然有个泳池，后来我们就去那儿进行实验。而将华鸟与久留美联系在一起的正是我。

“与我并肩作战的B队的各位队友，以及在我擅自行动了两个月却依然接纳我的所有部员，真的非常感谢大家。正是因为有这么多人鼎力相助，我才能获得这样的成绩。我会继续努力，争取明年获得冠军。”

这是前几天的高专机器人大赛结束后，久留美流着泪向机器人研究会的部员们发表的感言。我与华鸟在离他们稍远的地方瞧着这一切。这位在颁奖开始前就已经热泪盈眶的大小姐，在听到久留美这番话后，泪水犹如打开了阀门一般汹涌而出，随后她便拿出白色的蕾丝手帕擦拭眼泪。华鸟这一连串夸张的动作仿佛舞台上演戏的女演员一般，这也是她的一个缺点。

或许是因为今年的主题与往年方向不同，那些被称为强校的学校接二连三地败下阵去。“水池作为这次比赛的练习场地，它的运行环境是最重要的制胜因素”，久留美在比赛后的媒体采访中说这番话时，应该有想到我们吧。正是因为有我们这些提供水池的人做后盾，西工业高专才能顺利闯入决赛。

对久留美来说，机器人大赛是她的使命，但对于我来说，那不过是个工具罢了。机器人大赛就是黏合剂。虽然要花不少时间与精力，但多亏了它，东西南都被AA超能胶般的黏合剂粘在了一起。那“北”要怎么办呢？

＊ 2 ＊

“昨天的节目，我看了噢。与其说是机器人大赛，不如说已经变成了久留美的节目呢。”

“……”

“你怎么了？愁眉苦脸的。”

“上课太累了。”

确实啊。我一边喝着巴西莓思暮雪一边默默地窥视着久留美的神情。这时，华鸟看向了我。

“东也看了吧？”

“当然啦。还有点怀念呢。”

全国赛后一个月，网上终于在昨天播出了比赛当天的情况。久留美他们获得了亚军，我知道肯定会上电视，但没想到她居然成了焦点。

“我又不擅长表达，当时那么多采访，害得我不知所措。”

“大家就是来看这个的呀。就连平时不看电视的我都看了呢。”

华鸟立刻拿出自己的标准来衡量别人，对此我也已经习惯了。机器人大赛结束后，我也会经常喊南西二人出来聚聚。一周一次，活动据点从泳池转移到商场内的美食城。

“下周我要接受NHK的采访。”

“哇噢，这么厉害呀。到时候我一定好好给你录下来。”

采访?

“久留美，我们是不是也能上电视？”

“东，你说什么呢?这跟我们毫无关系吧？”

“喏，比如采访采访朋友什么的呀！”

“不可能啦。久留美，你说呢？”

“这恐怕有点难呀。”

久留美眯着眼睛、瘪着嘴说道。这次采访好像是对机器人研究会全体成员的跟踪报道。通常只有获得冠军的学校才有如此待遇，而他们能获得这次采访，绝对是久留美的功劳。

“啊！”

“怎么了，东？”

偶然瞥了一眼时间，时针已指向下午六点。距离约定的时间还有三十分钟。

“不好意思，我得先走了。”

“啊，你有什么事吗？”

“我要回去看家。”

我左手拿起还剩半杯的巴西莓思暮雪，右手打开谷歌地图，一边反省着刚才应该找个更好一点的借口，一边前往下一个目的地。

“咖啡馆BON”。

门上挂着一块小小的招牌。应该就是这里了。由于只有一扇小小的窗户，上面还挂着蕾丝窗帘，所以无法确认里面的情况。对初次到访的客人来说，这是一家让人不太想进去的店。

“欢迎光临。”

我轻轻推开门，白发苍苍的老板出来迎接我。

“晚上好。”

只见他坐在最里面的座位上，正神气地喝着冰咖啡等我。

“久等了。”

“没关系。”

真司笨拙地笑了笑。老板给我端了杯水，我点了一杯橙汁，坐在了真司对面。

“这家店不错啊。”

“你喜欢就好。我常来这儿。”

店里只有我们两位客人。这儿的橙汁似乎不是现榨的，老板很快就端来了一杯橙色饮品。

“我刚才一直跟久留美在一起呢。”

“那她知道你来这里吗？”

“当然不知道。”

“这样啊。”

机器人大赛当天，我看到了去为久留美加油的真司，他脖子上还挂着一台专业相机。看他这副装备，我便忍不住去跟他打招呼——你还记得我吗？

“哎呀，在国技馆的时候吓我一跳。没想到还能再次见到你。”

“我也没想到你这幽灵部员还挺忙的呀。”

“今年格外忙乱。对了，你要的相机我带来了。”

我接过这台至关重要的单反相机，立刻开始查看照片。……真是太完美了。这又重又大的镜头果然厉害。他拍了好几百张照片，还有很多近距离特写。有这些应该足够了吧。

“话说，当时你为什么叫我多拍久留美的照片？”

“这些照片，全给我吧。”

“你要干什么？”

“给我就是啦！”

真司有些犹豫。也难怪，毕竟我什么都没告诉他。

“你要是不给个理由，我是不会痛快答应你的。”

"……"

会被他嘲笑吗？会被他当成傻瓜吗？不如干脆将他变成我的同谋好了。总之，必须先说点什么应付他，可我又不擅长说谎。

"难道，你喜欢女孩子？"

"什么？"

"哎呀，我完全不介意这些啦。喏，毕竟久留美那么可爱。"

"不是、不是啦！不是那样的……那个……我说出来你不会笑话我吧？"

"我不会笑你的。我保证。"

"……其实……我打算从城州的东西南北各找一个人，聚在一起成立偶像组合。"

我将毕生的计划和盘托出，他却将眉头皱成了"八"字，那表情像是在笑，又像是感到了疑惑。

"我好不容易才鼓起勇气告诉你，你这是什么表情？"

"不是啦。不知为什么，我好像能理解你。"

"骗人的吧？你不觉得惊讶吗？"

"这个嘛，因为我第一次见你时就觉得你有点奇怪。"

我可不想被喜欢校服的眼镜男这么说，不过现在也只能忍了。

"也就是说，久留美是西的代表？"

"没错。坦白说，我是想利用久留美的人气啦。所以才想要你拍的这些照片。"

“如果我给你，你打算用来干什么？”

“我想把它们发到网上。”

虽然久留美已经小有名气了，但她必须更有名才行。聪明伶俐、会做机器人，她的魅力可不仅限于此。那仿佛自带得意音效的笑容，那令人想要抱紧她的悲伤的表情，久留美具有能够改变身边气氛的魔力。我觉得她这种才能与偶像有着直接的关联。

“如果有奇迹的话，或许一张照片就能让她成为偶像噢。”

真司默默地点了点头。

“连昨天那档与机器人大赛相关的节目也完全把她当成了女主角呢。久留美真的好厉害呀。就连其他学校也都在谈论这件事。可我不希望昨天就是她的巅峰，我不想大家只在节目播出的时候关注她，我要让机器人大赛成为大家了解她的一个契机。关于久留美的资料越多，大家就越能感受到她的可爱。所以，看了这些照片，应该就会有更多人关注她……”

等我突然意识到时已经晚了——原来我完全忽略了他，而是自顾自地在那儿说了半天。

“抱歉。”

我将橙汁一口气喝完，并调整呼吸，努力让自己恢复平静。

“你这人，还挺有意思的嘛。”

“你这么说，我也不会开心的。”

“我已经知道你为什么要找久留美了。可是，为什么要特意从东西南北四个方向去找呢？意义何在？”

“我呀，每次见到可爱的女孩子就会想，她们要是能成为偶像就好了。但她们肯定没有那样的机会，所以我要为她们创造机会。久留美，还有我在南边找到的那个叫华鸟的女孩子，她们都超级可爱。可是，如果她们自己没有那个想法，肯定就无法成为偶像，对吧？那就太可惜了。其实我想去所有学校仔细寻找，可我还要上学，时间有限，所以只能先从四所学校里严格挑选……喂，你有在听吗？”

真司开始玩起了摆在桌子上的手机。虽然他也耐心地听我说了一会儿，可实际上说不定早就走神了。

“看这个。”

他突然将手机伸到我面前。

“这是什么照片？”

“这是我去特卡波湖的时候拍的。”

“欸，这居然是你自己拍的？”

“嗯。上初中的时候拍的。”

那梦幻般的景象好似一幅画。我刚还以为这肯定是他从网上下载的，也并不关心特卡波湖在什么地方。石筑的教堂被满天繁星笼罩。这般美景真的存在于现实世界吗？即便存在，一个业余摄影者又真的能将它拍得如此美丽吗？

“我本来就很喜欢星星。可要用相机将它们拍下来，实在太难了。我不断练习，却发现自己已经沉迷其中。”

“真的太漂亮了。”

“以后还需要拍照的话，就来找我吧。”

这是我第二次见真司露出这样的眼神。世界再次安静了——等我回过神来，真司已经喝光了咖啡。

“东，你要不要再来一杯？”

“你要的话，我也要。”

“太好了。”

真司“丁零零”的按响了老式呼叫铃，老板从里面的厨房走了出来。

“再要一杯咖啡和橙汁。”

“好的。”

老板也没有记录就再次走进厨房。

“一个女孩子这么晚回去，没问题吗？”

“没事啦。因为我也很喜欢这家店。不过，回去后你要马上给我发照片噢。”

“知道啦。来，继续聊吧。”

曾经有一天，我看到放在鞋柜里的室内鞋之后，就立刻回家了。并不是因为有人放了图钉或是在上面乱涂乱画，而是因为我再也无法换上那双鞋了。

从那天起，我就有很长一段时间没去学校。然而我并不讨厌学习，所以当我得知“马场之家”的存在时，真的非常开心。那位叫马场的富态阿姨，能够包容我的一切。当时我在上小学五年级。

自那之后的两年内，我都在马场之家学习。我不想再与那些人上同一所初中，所以决定报考本地唯一一所初高中一贯制学校。本来还担心小学的出勤天数会影响中学录取，还好最后还是顺利考上了。今后便是新的起点，我要重新出发，也该与马场之家告别了。我一直对自己的容貌感到自卑，也想借此机会进行改变。父母都同意了，可见我这张脸以前确实非常丑陋。妈妈对我说：“在普通的学校里，大家都看不到你的内在，所以变漂亮点应该会让你更加强大吧。”我已经不再是过去的我了。我自信地点点头。

然而，半年后，我再次回到了马场之家。因为我无论如何都需要一所心灵学校。为了不给父母添麻烦，我每天白天上学，放学后就跑去马场之家。去学校上学时，我不会带上我的心，这样便不会再像过去那样受伤了。

马场之家的公共区域摆着几个大大的书架，上面放着一千多本书。我喜欢在这里读书，因为可以不受任何人的打扰。今天，我依然取下一本书，用以解放自己的心灵。

坏心眼的邻居、喜欢动用暴力的单亲、吸毒成瘾的好友……与身边充斥着这些人物的生活相比，我所生活的世界其实还是挺不错的。住在我家隔壁的老夫妻对我非常亲切，父母也总是很关心我。至于好友——本来就没有。那个将我视为好友的人，在很久以前就去了远方。

读完最后一页，时针指向晚上九点。

“不好意思，待到这么晚。”

“没关系啦。我这里你想待多久就待多久。”

马场阿姨鼓起那厚厚的脸颊笑着说。身边有如此温柔的人，我已十分满足。

“你怎么回去？”

“家里人来接我。”

“这样啊，那太好了。路上小心噢。”

我系好安全带之后，这辆不起眼的小型汽车便缓缓向前行驶。

“美嘉，我跟你说啊。”

“嗯。”

“差不多该适可而止了。再这样下去，你就得永远待在马场之家了噢。”

“嗯。”

“你有好好考虑过将来吗？”

“嗯。”

“这样下去真的好吗？你真的快乐吗？”

“嗯。”

怎么可能快乐？我这一生，不过是一味在看不见尽头的黑暗隧道中前行罢了。我一出生便拥有让别人讨厌我的能力，无论我如何努力都会遭人厌弃，这就是我的命运。

“美嘉，我……很担心你。我会尽我所能去帮助你的……所以你好歹跟我说说。比如你想干什么，或者是你想要变成什么样……”

“大河久留美。”

“什么？”

“我想成为大河久留美。”

城州人都知道她。既甜美可爱，又聪明伶俐，非常有人气。我一直这么想：若是模仿她，说不定我也能向她靠近，拥有辉煌的人生。

我想见大河久留美。

* 3 *

“新年快乐！”

虽然这是我们见面的第一声问候，但元旦其实已经过去七天了。从年末至年初的这段时间，我们三个都是与家人一起度过的。新年的第一次聚会，我原本还打算去常去的美食城，可华鸟吵着要去电器店买电脑。虽说华鸟大小姐平时也不缺钱，但她好像拿到了几十万日元的压岁钱。城州这个地方，越往北越繁华，所以要去大型家电城的话，就只能去北边了。

“离车站近一点比较好对吧？”

“东真的很能干呢。特别靠谱。”

新的一年来了，但华鸟喜欢依赖别人的毛病一点都没改变。不过，被她如此夸奖感觉也不错呢。

我们来到一家打着“新品特价”促销标语的电器店，打算到四楼的电脑卖场看看。电梯四面都是镜子，可以照出每个人的本性，十分有趣。就连好像不在乎打扮的久留美，以及总是高雅靓丽的华鸟都在偷看左右两侧的镜子，检查自己的打扮。这一切都被我看在眼里。大多数人都会将自己的自恋情结隐藏起来，而这里则是为数不多的、可以解放自恋的好地方。不过我发誓要成为少数派，所以目不转睛地盯着正前方。

“我想买一台这个。”

这台功能丰富的电脑要十五万日元。华鸟能用得好这种电脑吗？我看得出来，她是受久留美的影响才想买电脑的，而我也很容易想象出她买回去却用不好的样子。华鸟抱着大大的纸袋，露出了十分满足的笑容。她还有钱，明明可以选择送货上门，可她却坚持说“我要自己把它抱回去，好好感受这份重量，这可是宝贵的经验噢”。我这样的平民实在无法理解她这番言论。

“那个，久留美我也有个想去的地方。”

“好呀。你想去哪儿？”

“书店。我想去给朋友买一份生日礼物。”

“啊，这附近好像确实有家很大的购书中心。”

“有东在，就不会迷路啦。”

走在最前面带路的一定是我。擅长撒娇的小虎崽则轻快地跟在我身后。

“哎呀，能不能稍微走慢一点？”

“南大小姐，要是东西太重了，你今天就先回家吧！”

“好无情啊。我也要跟你们一起去。”

一到书店，久留美就小跑着往里面去了。我在入口附近的新书书架上漫无目的地乱看，然而认识的作家只有村上春树。其实我也没有读过他的作品，只是听过他的大名而已。我才意识到自己确实是一个与读书无缘的人。在用池上彰和安倍晋三做封面的政治书前面，几位身穿西服的中年男性正并排站在那里翻阅着书籍。我穿过市场营销和园艺类书架，无意间在自我启发类的书架前停下了脚步。

《成功的九个方法》。

我心想这书名也太普通了吧，可这本书的销量似乎已经突破了三十万册。我拿在手里翻看了两三页便合上书，放回书架最上层。因为早早映入眼帘的是一句“放弃计划性吧”，而我实在不敢苟同。生活没有计划的人也能出书吗？这个疑问萦绕在我的心头。

“小东、小东。”

久留美抱着袋子，跑过来紧挨着我。看来她应该顺利买到礼物了，不过那神情却有些奇怪。

“喂，你看那个女孩。长得超级可爱。”

久留美很少夸赞他人的容貌。虽然她也经常给我看一些动物或是二次元美少女的图片，但在街上这么说还是头一回。

“……确实。”

从我这个角度只能看到她的侧脸，眼睛特别大，鼻梁也高高的，感觉没什么缺点，是大家都会喜欢的长相。可能是因为妆容，也或许是因为那一头异常有光泽的长发，她身上散发着南、西二人所没有的性感。

“是蛮可爱的，感觉应该挺招男人喜欢的。”

我弯下腰对比我矮的久留美低声耳语。我悲观地认为她的无名指应该戴了对戒，可当我望向她的手时，她正在读的书的书名却映入了我的眼帘。

太意外了。她看起来那么受欢迎，而且浑身散发着恋爱气息，没想到正在读的那本书竟然叫《活在无爱世界的年轻人们》，瞬间刷新了我之前对她的看法。

我们一直注视着她，说得通俗点就是盯着她看，那位正在看书的少女也很快注意到我们的视线。虽然我迅速转移视线，但还是有那么一瞬间，我们四目相对。她估计把我们当成可疑的人了吧。我从书架上随手拿起一本书，装出一副正在看书的样子，实际上是在偷瞄她的表情。这时，少女开口说话了。

“小东？”

她那大大的眼睛正凝视着我。

“你果然是小东啊。”

“你、你是……”

“你不记得我了吗？龟井美嘉。我是你的小学同学呀。”

“龟井……同学。”

好耳熟的名字。可是，我记忆中的龟井美嘉与眼前这位女生完全没有共同点。

Ch.4 北之星 ——行善少女——

＊ 1 ＊

我喝着蚬子味噌汤摄取鸟氨酸，眼睛盯着电视以确认今天的星座运势。这是一个与往常无异的早晨。马上就该出门了，我摘掉草莓蒂，往嘴里塞了两颗草莓。上学途中，我不断用脚踩碎路上结了冰的小水洼。贴在肚子上和背上的暖宝宝总是要等我到学校之后才开始发热。

踏进开了暖气的教室，便感觉到那温热的空气中隐约散发着一股违和感。然而，我依然摆出一副若无其事的表情，径直走向自己那位于教室后面的座位。小声跟周围的同学打完招呼后，我在座位上坐下，并将书包里的东西放进课桌抽屉。这时，讲台附近的对话传入耳中。百事通晶子的脱口秀今天照常开场啦。

“来，我们继续刚才的话题！我就说，她怎么每次放学都回去那么早呢，原来是去找其他学校的人了。”

“毕竟她是回家党嘛。可你为什么这么说？晶子你亲眼看到了吗？”

“那倒没有。昨天，西工业高专的一个男生告诉我的。我们初中念同一所学校。”

“西工业高专，是大河久留美念的那所学校吗？”

“对的对的，没想到她居然跟东关系这么好。”

“哇噢。”

“对吧，毕竟那么可爱的一个女生……”

叮咚——

上课铃打断了她们的谈话，晶子那帮人也都各回各位。我脑海中不禁浮现出她们二十年后的样子：那时，她们人生的意义就是在小区附近的公园里谈论家长里短，结束时嘴里还会念叨着“哎呀，时间不早了，我得回家做饭了”。

我还没有迟钝到没发现她们在议论自己。刚才附和晶子的那些人一个个都在偷看我的表情，着实有些烦人。她们是故意让我听到的吗？还是以为自己说得很小声？我无法判断。但可以肯定的是，无论是哪一种情况，今天之内，晶子的消息一定会在全年级所有女生中传播开来。我早已做好心理准备，但我无法接受恶意中伤。开学到现在已过去九个月，我一直谨言慎行，尽量避免遭人厌烦。我克制着不去参加演讲比赛，篮球部部长向我告白时我也礼貌地回绝了他。

我唯独比较注重自己的穿衣打扮，至于待人接物方面，只要做到不讨人嫌就行了。我就是这样一边顾虑着他人对自己的看法，一边低调度日。或许正是因为我的低调，开学至今从未有人将我的物品藏起来，或是在我的课桌上写一些粗俗的话。总之，我自认高中的人际关系处理得还算不错。

我决定午休的时候去隔壁班看看。陌生的班级不太方便进去，但她恰巧坐在靠窗的座位上。她似乎正在本子上写些什么，可能是要交的作业吧。我不忍心打扰她写作业，但现在教室里就她一个人，是个好机会。

我从背后轻轻戳了戳她的肩膀，她停下手中的笔。回过头发现是我，立刻咧着嘴笑了，随即转过身来。

“是你呀，小东。有什么事吗？”

“不好意思啊，突然打扰你。我有点事想问问你。”

“欸，问我？可真难得呀。”

我知道她虽然不愿意在嘴皮子上下功夫，但其实心肠特别好。我与小光从幼儿园开始就是朋友了，后来又上了同一所初中。虽然我们关系没有好到经常在一起玩，但那仅仅是因为我们所处的环境不同。她从小就跟男孩子一起踢足球、打棒球，皮肤早已晒成了小麦色，头发也很短。即便现在上高中了，样子也没改变。最近我经常看到她跟垒球部的同学一起玩。

“你还是留着一头漂亮的黑发呀，还在染吗？”

“当然啦。”

“不愧是小东啊，真有毅力呢。特意将头发染成黑色，你这人果然与众不同。”

“因为我的头发本来是茶色的嘛。”

我天生发色就很淡，这令我感到自卑。而我所仰慕的偶像总是留着一头乌黑亮丽的秀发。前段时间刚剪的齐刘海短发也是受到她的启发。

“所以你要问我什么？”

“你还记得那个叫龟井美嘉的女孩子吗？小学跟我们同一个年级的。”

“啊，是有这么个人。她还跟我同班过好几次呢。”

“感觉是一个很安静、很朴素的人，对吧？”

“是的。感觉是一个很不起眼的人。可不知为什么，我对她的印象一直停留在‘不招人待见’上。好像全年级就她一个人参加了中考吧。”

“这样啊。”

“噢，对了。你好像并不知道这件事……”

她“沙沙”地挠了挠那留着短发的脑袋，灵活地挑起一边眉毛。中考……我对那段时期的城州一无所知。

“所以，龟井美嘉怎么了吗？”

“只是突然想起来了，有点好奇。”

“什么嘛。”

小光再次咧开嘴笑了起来。她既不化妆也不戴美瞳，内外皆不加修饰，这便是她的魅力。那小麦色肌肤将洁白的牙齿衬托得更加显眼，洋溢着一股清爽的感觉。我很早以前就觉得她长得像搞笑组合SUMMERS的三村，不过这一点我从未跟她提起过。

“你刚刚是在写作业吗？”

“是的。要是今天之内能把这个作业交上去，好像就不用补考了。所以我必须赶在社团活动之前搞定它。真是烦死了。”

运动部学生的校园生活总是异常忙碌：柔道部的部员总是在上课时睡觉，将所有精力都倾注在早晨和放学后的训练中。棒球部的部员为了不惹社团指导老师生气，上课态度、成绩……一切都表现得很好。若是通过社团训练能以体育特长生的身份进入大学倒也罢了，可我们学校不管哪个社团都没有强到能留下辉煌成绩的程度。所以为什么他们还要如此热衷于社团活动呢？考上大学、毕业走上工作岗位，又有多少人会继续现在的运动呢？我实在难以理解。

“这样啊。不好意思打扰你了。谢啦，加油噢。”

“好的，小东也一样。下次再来教我英语哟。”

* 2 *

放学后，晶子那帮人中有个人特意跑来问我：“小东，你今天要去哪儿呀？”

虽然外面下雨了，我准备直接回家，但我没有义务跟她说实话，于是我说：“我要去探望奶奶。”这样一来，她也很难再追问下去。其实我的奶奶活力四射，现在这个时间应该在看傍晚重播的电视剧吧。

一回到家我就把自己关在房间里，再次思考关于龟井美嘉的事。那天在书店见到的她，样貌果然和以前完全不同了。但又很难想象有人在冒充她。而且，就算女大十八变也是有限度的吧。

现在可以用双眼皮胶、双眼皮纤维条、双眼皮贴等美妆工具人为地塑造双眼皮。双眼皮胶是将眼皮与眼皮粘在一起的胶水，双眼皮纤维条和双眼皮贴则是将具有黏性的条状胶带粘在眼皮上，从而形成双眼皮。与不太自然的双眼皮胶相比，双眼皮纤维条和双眼皮贴则没有那么突兀，显得更加自然，不过遇水或出汗的时候容易脱落，这是它们的缺点。每次游完泳，我都不知能看到多少同学难看的样子。

另一方面，割双眼皮也是一年比一年容易。尤其是埋线法，因为价格便宜、创口小，而且与另一种全切法相比，失败的风险也更小，所以很受欢迎。还有一种号称不用动刀子的“微整形”，好像更容易操作。可是，整形说到底还是得由医生来进行手术，不可能完全没有创口。虽然双眼皮的埋线手术后三个月就会变得自然，但前一两个月那条线特别深。向下看的时候非常容易判断，若眼皮上有多处能塞进小拇指指甲的凹陷，那就是动过刀子的证据。

别看我了解得如此清楚，我这双眼睛可是天生的。我只不过是经常看整形医院的主页、博客和INS罢了。若问我写这么长一段毫不相干的东西到底想表达什么，那就是——美嘉的脸完全是整出来的。

我去问小光，说白了就是想要确认一下。其实在我见到美嘉的正脸时，就已经察觉到她的脸动过刀子。鼻梁垫了硅胶，用的应该是L型假体，双眼皮是用埋线法做的，还开了眼角。

接受了她容貌的改变之后，我开始追忆与亀井美嘉的过往。小学一年级到三年级的某个时期，我的确和她同班过。但我想不起来是在哪个班主任时期。她坐过我旁边吗？她有没有外号？……回首过往，我才意识到：别说关于美嘉的回忆了，甚至连小学时的记忆都已变得模糊不清。每年郊游的目的地是哪儿？运动会时我是红队还是白队？最终是赢了还是输了？这些我已完全不记得。低年级时，我甚至都没有自我意识，只知道自己不过是属于“学校”这个组织罢了。

作业令人头痛，值日让人不安，或许诸如此类的小学生烦恼多少也是有的吧。这样看来，如今高中时期的烦恼，待十年后再回首时，应该也会觉得极其微不足道吧。我想着想着，开始有些郁闷。

“下次我们一起好好吃顿饭吧。”

这是女生惯用的社交辞令。在书店，美嘉就是这么跟我说的，还要了我的LINE ID。我没有什么特别的理由拒绝，于是告诉了她，可她至今未曾联系我。

比较伤脑筋的是：她是北高的。的确，在我当初的计划中，北边的有力候选就是城州北高中的学生。而那也正是亀井美嘉的学校。

然而，可以如此草率地将美嘉视为北边的代表吗？

老实说，在与久留美一起经历过机器人大赛之后，我们东西南三位已经合为一体了。若是再加入一位，恐怕有些困难。

我趴在桌子上冥思苦想，这时手机震动了。若是美嘉找我，那时机也真是太好了。

（今天我和亀井一起喝茶了噢。在车站突然碰见的。）

是久留美发来的消息。美嘉——和久留美？

（我们约好明天去吃松饼，小东你要一起吗？）

"欸，原来小东也对机器人感兴趣啊？"

"嗯。好像她身边没有人喜欢机器人，所以特意跑来西工业高专找我。后来还陪我进行机器人大赛的赛前练习，于是我们就成了好朋友。"

"……好羡慕啊。"

"我们的相遇很奇怪吧？明明是第一次见面，她却说要自我介绍什么的，然后就流利地说起了英语。"

"因为她以前在加拿大待过嘛。"

"对对！她偶尔也会讲起以前在加拿大的事情。比如那里的园艺师很厉害，所以街道很漂亮啦，汉堡很好吃啊之类的。"

"她跟你说了好多呀。"

"因为我们在一起已经半年多啦。听说你是她的小学同学？"

“是的。不过那是小学低年级的事情，小东可能已经不记得了……”

“她绝对记得！我无意中说的一句话她都记得牢牢的呢。啊，电车马上要来了。你往哪边？”

“上行方向。”

“和久留美相反呢。那今天就到这儿吧。谢谢你主动找我说话。”

“那、那个，你明天有空吗？”

“明天？”

“嗯，最近新开了一家好吃的松饼店。可以的话我想约你一起去。”

“久留美特别喜欢吃松饼。”

“听说非常好吃噢。啊，对了，方便的话也跟小东说一声吧。”

* 3 *

与东京不同，这里的店铺不用排很长的队。从北站步行约十五分钟便可到达。这家店可能是全国连锁的，味道也好极了。既没有堆积如山的奶油，也没有使用里科塔奶酪，只有黄油与枫糖浆的纯粹香味在口中蔓延开来。虽然如此美味，店里却十分冷清。应该是选址的问题。这家店若是开在原宿，绝对会成为一家要排三小时长队的人气店铺。

“小东很喜欢甜食吧？”

久留美笑着说，并大口地吃着点缀在松饼上的草莓。

“久留美也很喜欢吧？”

好几周没吃过这个了，果然很好吃。不枉我从早上开始就控制糖分的摄入。咬下第一口，细细咀嚼，渴望已久的糖分便缓缓渗入全身，带来热量。这种感觉就像下雪天泡进露天温泉的那一瞬间一样。若是被华鸟知道我与久留美、美嘉三个人一起来这儿，她估计会生气的。不过，只要我待会跟久留美统一口径就行了。

“突然约你们俩来这儿，实在抱歉。其实我有事想……”

是美嘉约我来吃松饼的吗？我原以为定是久留美叫我来的，这也令我改变了对美嘉的看法。

“不知该说找你们商量，还是应该说是想求你们帮忙……”

这开场白令我有种不好的预感。无论我们相识多久，只要是不当请求我都会断然拒绝。若是借钱或涉及宗教的话，我会立刻与她断绝关系。

“你们对义工活动有兴趣吗？”

“啊？义工活动？”

“想请你们辅导一下初中生。喏，小东你只要负责教英语就行了。”

“……”

这件事我或许可以答应，但我无法立刻用“CAN”回复她。美嘉考上的高中偏差值比东高还高15，以她的学习成绩，教初中英语应该是小菜一碟吧。

“也就是说，辅导功课是义工活动的一个环节吗？”

“是的。有这样一个团体，专门为那些因特殊情况无法上学，或是因经济状况、家庭原因等上不了补习班的孩子们辅导功课。”

“欸。”

“还会举办集训、露营之类的活动，大家都很开心。最重要的是孩子们都非常可爱。不过，话虽如此，其实他们的年纪跟我们差不多。”

看着突然激情昂扬的她，一种奇怪的情感涌上心头。眼前的美嘉，与参加义工活动这一事实，两者之间似乎产生了某种化学反应。这位外表靓丽的女高中生，感觉假日里应该会和男生一起去唱卡拉OK或是打保龄球，没想到她却在花时间做公益。喜欢动漫等虚拟世界的人，估计很难接受这种享受现实生活的女生。然而，有时候只要给她加上一些意外性，“萌”的人设就大功告成了。恐怕在美少女游戏中，这种会在假日里投身义工活动的漂亮小姐姐都不曾出现过吧。假设真有这种角色，那么玩家们可能会高声喊出“你也来免费为我服务嘛”这种无法实现的愿望。

最后一位符合要求的人物，就在我眼前。这位代表北的美少女，主动接近了我。

“我不知道能不能做好，但我想试试。”

“真的吗？谢谢你！”

美嘉使劲拉着我的手。只要利用这项义工活动，就可以自然地拉近我与“北”的距离。

“久留美的英语很差，所以，小东要加油噢。”

＊ 4 ＊

“姐姐，我写好了。你看。”

“哪儿呢？哪儿呢？啊，好可惜啊，拼写错了噢。我知道你是写成罗马字了吧。”

我指出错误后，面前这个小鬼立刻拿起了橡皮擦。看着他正在修改的这个“welukamu（welcome）”，我的思绪不由得飘回过去。

在时差与日本相差十七小时的、遥远的加拿大，有一座叫维多利亚的城市。在我小学四年级至初中二年级这大约五年的时间里，我们一家都在那里生活。

那是一座美丽的城市。时至今日我才意识到，当初母亲之所以反对父亲独自去加拿大工作，其实是因为她自己也想去。街上到处摆满雅致的鲜花，每朵花都经过园艺师的精心打理，马路上的马车与汽车并肩而行。建筑物都很宏伟壮观，那漂亮的英式构造让人感觉仿佛夜晚会有舞会在此举行。这座好似以东方乐园为蓝本打造的、仿佛主题公园的城市，现实生活中竟然真的存在——小学四年级的我对加拿大钦佩之极。

环绕着内港的市中心是维多利亚美得首屈一指的区域，这里到处洋溢着朝气，却也保留着一份宁静与高贵。沿海的人行道上开着很多沿街商店。尤其引人注目的是一家果汁店，完全将自己打造成柠檬的样子。逼真到在其上空飞翔的飞行员恐怕会误以为那是一个放在混凝土上的大柠檬。那家果汁店的门前排着长长的队伍，大家或许是被其可爱的外观吸引了吧。年幼的我也拉着妈妈的袖子求她过去买，妈妈很快便答应了。

这一天我们初次来到维多利亚，是一个特别的日子。

我们也加入了队伍，满心期待地等待着。终于轮到我前面的客人点单了，这时妈妈玩性大发，仿佛拷问一般在我耳边笑着怂恿我：

“待会你自己点单吧。”

我拼命摇头，但无济于事。

“点单而已，你应该还是会的吧？喏，加油！”

妈妈用力推着我的背，不让我后退。胡须花白的老店员注意到小小的我，为了能更好地看着我的眼睛与我交流，他便从柜台中探出身来。

“Lemonedo,purizu.”

“Sorry?”

老人似乎有些耳背，听不清我说的话。我回过头想寻求妈妈的帮助，这时身后长长的队伍映入眼帘。不能再耽误时间了，年幼的我用力握紧拳头。

“Lemonedo,purizu.”

我才意识到：为了让对方听清楚，这一次我应该抬高嗓门，像与已故的曾祖父说话那般一字一句，慢慢地说给他听。

“Sorry?”

然而，他却毫不客气地露出嫌恶之色，并冷漠地对我摆摆手，用动作示意我“走开”。店员无视我与妈妈，开始为排在我们后面的客人点单，似乎在赶我们走。

当时的我并不懂English与Janglish的差别，也因此承受了不可名状的精神痛苦。用年轻人的话说就是“忧伤”。妈妈一边拉着我的手一边向店员道歉，我松开她的手，在附近的长椅上坐下，瞬间泪如泉涌。

意想不到的屈辱。用片假名来表示外语是没问题，但最好能做一些恰当的改变，使其更接近外语发音。幼时的我就是因此受到了羞辱。那次的经历给我留下了精神创伤，自那之后，看到英语单词常常会令我想起当初的屈辱。将“banana”改成“bunana”,“wota”改成“wala”,“chokoleto”改成“chokulito”，这样读出来会比较接近英语发音，也就不会有我当初的烦恼了。眼前这个用鼻子和嘴夹着铅笔的小家伙就像当年的我，为了使他免受与我同样的遭遇，我必须瞅准时机好好教教他。

“今天差不多该结束啦。”

门打开了，这里的主人——马场阿姨走进屋内。小家伙迅速合上课本，将自动铅笔扔进铅笔盒。

“累死我了。”

这个初一的小家伙一边伸懒腰一边喊着累，可他还没有动脑筋动到累的程度吧。我们今天使用的教材只有小学难度而已。

“辛苦啦。看来你今天很努力噢。”

说着，马场阿姨轻轻摸了摸小家伙的头。看来义工团体的领导与我想象中一样，只会胡萝卜加大棒这种激励方式。

马场阿姨要将小家伙送到门口，把我一个人留在这陌生的房间里。泛黄的空调温度设定为27℃，这对于校服里面还穿着保暖衣的我来说稍稍有些热。这间大约四帖榻榻米宽，没有窗户的密闭房间里充满了二氧化碳，倘若在这里深呼吸怕是会伤到肺。我瞪着放在面前的空气净化器，无论它能净化掉多少花粉或是PM2.5，都不可能使冬日室内特有的浮躁空气变得清透。

不到五分钟，马场阿姨就回来了。见她不停搓着手，就知道外面应该很冷。

“久等啦。”

“没有没有。”

“我去泡杯茶，你在这儿等我一会儿。”

终于从简陋的教室里得到解放，马场阿姨带我来到宽敞的客厅。这里应该是公共活动区域吧？只见客厅里赫然摆着一张大约能坐十几个人的“L”形沙发。

与刚才那间只摆放着桌椅的密闭房间不同，这里的装修甚是讲究。角落里摆着观叶植物，散发着淡淡的芳香。墙边放着四个气派的书架，上面摆放着大量书籍。

“在这里的话，感觉能好好看看书……”

马场阿姨将茶壶放在托盘上，随后坐在了我对面。

“小东你也喜欢看书？”

她好像听到了我的自言自语。

“啊，不……真是惭愧，我很少看书。”

“是啊，我还以为你肯定喜欢呢。”

说着，马场阿姨将散发着清香的大吉岭茶倒进茶杯。

“是美嘉请你来的吧？谢谢你能来。”

“不客气。我也很开心，非常开心。”

“那真是太好了。喝点红茶休息一会儿吧。”

“那我就不客气啦。”

上好的茶叶散发出的清香扑鼻而来，令我再次回忆起维多利亚的时光。维多利亚曾为英国领地，因此喝下午茶的习惯根深蒂固。

“那个，听说您……以前是特殊教育学校的老师？”

“是的，那都是过去的事了，我辞职很久了。”

“您为什么要组织这个义工活动呢？”

“……”

“啊，实在不好意思。若是不方便的话完全可以不说……”

“……呵呵。哈哈哈。”

马场阿姨突然用她那如奶油面包般的肉手捂着嘴笑了起来。

“您笑什么？是我说了什么奇怪的话吗？”

“没有，不是啦。不好意思。我只是……”

笑起来很突然，冷静下来也很突然，马场阿姨又恢复了原先的姿态。

“我就是觉得小东很老成啊。那副审讯般的口吻，好有趣。”

我满脸疑惑。马场阿姨则对着我小声嘀咕道：“果然不出我所料，是个很棒的孩子。”她估计是把我跟谁弄混了吧。

“那个……不好意思，我想问一下，刚才那个男孩子能跟得上学校的课程吗？”

“他啊，一直待在特殊教育班级呢。”

“可他看起来不像是有什么问题啊。”

“他患有威廉姆斯综合征，所以特别喜欢说话。但他是轻度患者，所以看起来几乎与正常人没区别。他母亲下定决心让他上公立初中，而不是去特殊教育学校，还说将来要让他参加高考。所以我们现在要尽可能地辅导辅导他。”

“……我刚才教他的时候能再温柔一点就好了。”

“有时候像正常人一样待他反而比较好呢。因为刚才我送他出门的时候，他说他特别开心噢。”

“真的吗？”

仔细回想，我好像并没有做什么令他开心的事。这真的是那个小家伙说的吗？还是马场阿姨为了哄我开心而编造的谎言……我努力打消疑虑,脸上却露出笑容。马场阿姨见了,也露出了同样的表情。

“那个，可以借用一下洗手间吗？”

“去吧。出了那扇门往左拐就是。”

聊得正起劲时，红茶的利尿作用打断了我们的谈话，实在没有办法。

当我正要走进洗手间时，门上张贴的东西吸引了我的注意力。我先上完洗手间，然后洗手、走出洗手间，再驻足门前。这应该是发给全体成员的会报吧。只见标题上写着“夏季露营集训”，大大的照片下方还有活动记录。

这张在河边拍摄的照片里大约有二十人，龟井美嘉也在其中。即便是远景照片，也依然能感受到她的可爱出众。不过，就算只看照片，我也能看出她那高高的鼻梁有些不自然。我背下了会报右下角的网址，随后回到马场阿姨身边。

“你回来啦。”

“那个，卫生间门上贴的是……”

“啊！你看到啦？对了，下次你也一定要参加噢——如果有时间的话！”

还没等我说完，马场阿姨就发出了邀请。虽然我能感受到她的热情，可就算不是家里蹲一族，要奉献出宝贵的假日时间还是需要勇气的。

“正好下个月我们有个春季登山活动。”

“那个，我要是去的话，可以带朋友一起吗？”

“朋友？”

“我自己一个人去有点不放心。”

“这样啊……没关系的。具体事宜我们下次再谈，今天有点太晚了。有人来接你吗？”

“啊，我坐电车回去，没事的。”

“那你小心噢。我刚出去的时候，外面正在下雨。”

我没有带伞，于是从马场之家借了一把塑料伞。

“下次来的时候一定还给您。”

“不用啦，反正这里有好多。今后就要麻烦你啦，小东。还有美嘉也请你多多关照。”

Ch.5

同样的星辰

——轮椅少女——

* 1 *

可能是睡眠不足，第五节课我睡了整整一节课。下午的课本来就容易犯困，可音乐老师还是给我们放了一部电影——名叫《爱乐之城》。西方影片的配乐听起来很舒服，能催人入睡。多亏了它，我才能享受到快波睡眠（**注：即快速眼动睡眠、快波睡眠、浅层睡眠**），头脑也因此清醒起来。当然，我没有看到电影的内容，但问了刚刚没有睡觉的同学，他说他也不知道，所以我也没了罪恶感。第六节英语课发了期末考试的成绩。看了分数后，我便放下心来。没有一处错误，这样去给初中生教英语也就没什么不好意思的了。

今天放学约了真司见面。我来到上次的咖啡店，他尚未出现。于是我在里面的座位上坐下，点了一杯苹果汁，边玩手机边等他。我点开马场之家海报上的那个网址，出现了一个叫“微笑小孩”的博客。

“微笑小孩”是马场阿姨领导的义工团体的名称。其实昨晚我也访问过这个网站，但还没浏览完以前的博客我就睡着了。

博客内容几乎都与那张贴在马场之家卫生间门上的会报差不多。最新的一条博客记录了上个月举行的体验制作荞麦面的活动，上传了社会人女义工与唐氏综合征男孩一起揉荞麦面粉的照片。每次活动的最后，“微笑小孩”都会拍一张大合影。当然，这张照片里也有龟井美嘉的身影。

丁零零——

咖啡店门上挂着的铃铛响了。

“久等了。”

“嗯，你怎么才来？”

“抱歉抱歉。啊，一杯热咖啡。”

真司向站在柜台里的老板点完单后，在我对面坐了下来。

“喂，真司，如果在英国点咖啡，你会怎么说？”

“为什么突然问这个？一般都会说‘Coffee please’吧。”

“不会说成‘cohi（coffee）’，对吧？”

“就算你说日式英语，人家也听不懂呀。”

“那你觉不觉得日本也应该取消‘cohi’这个外来语的读法，然后改成coffee呢？这样一来，直接说日式英语别人也能听懂了。”

“你在说什么呀？”

真司一脸嫌弃地脱下外套。驼色的切斯特大衣若是直接搭在椅背上，估计会拖到地上。不过他并没有那么做，而是将那件长长的衣服叠得整整齐齐，放在身边的空椅子上，似乎想要展示自己“沉稳男性”的魅力，这令我有些不爽。

“外来语也是日语啊。你要明白‘林檎’和‘appuru（apple）’

都是日语。去到说英语的国家时，直接说英语apple就好啦。”

“……废话。”

“想想都知道，现在想要改变这些词语，根本就是不可能的吧。”

他毫不在乎地抱着胳膊说道。

这时咖啡端上来了。

“我要喝coffee了噢。”真司端起咖啡对着我干杯。喝了一口之后，他露出一脸坏笑，随后端着咖啡杯的手竖起了小拇指，并挑衅般对我说：“coffee果然很好喝啊，coffee。”我也朝他竖起了中指。我们果然一辈子都无法摆脱日式英语吗？

“对了，久留美的照片虽然有了一定程度的传播，但毕竟还是有限的。”

“那都是什么时候的事情啦。我已经有别的行动了。”

“太过分啦！之前你不是说让我当你的同谋吗？”

真司幼稚地噘起嘴。长得一点都不可爱的男生做这个表情，只会给他减分。

“我之前在书店碰到了小学时的朋友。通过她的介绍，我现在开始做义工了。”

“义工？”

“没想到吧？”

我把“微笑小孩”的博客打开给真司看。

“这就是那个义工团体。看，这边这个女孩子就是我那个朋友。”

我将美嘉的照片放大后指给真司看，他毫不掩饰地咧嘴傻笑。果然，美嘉这张脸无论谁看了都会觉得貌美无比。

“她就是我最后一个目标。”

“也就是说东西南北都齐了？”

“嗯。现在我正计划着让所有人都出现在‘微笑小孩’的博客里。”

“那要我给你们拍照片吗？”

“不用。‘微笑小孩’好像有专门的摄影师，你帮我宣传一下就可以啦。”

“欸——我有信心将大家都拍得很可爱呢。”

“这次不用拍得很可爱啦。我只是想留下大家在做义工的证据而已。参加这种活动，应该会给大众留下一个好印象吧？”

“总觉得你说话带刺呀。”

“成为偶像之后，自己的过去很快就会被人挖出来。那么问题来了，到那个时候，被挖出与男性的合影和投身义工活动的照片，你觉得哪个会更受欢迎呢？”

“好可怕的问题啊。”

真司立刻明白了我的想法，再次咧开嘴傻笑着嘀咕道。我观察着他的表情，这才发现他新换了一副眼镜。从银框椭圆形眼镜换成了黑框惠灵顿眼镜，不过我并未特意向他提起这点。

“也就是说，你现在不是在计划着怎么成为偶像，而是在认真思考成为偶像之后的事情？”

“没错。我就是这么一个自信过剩的家伙。”

“也并不讨人嫌啦。你说的义工，具体是做些什么的呢？”

“给初中生教英语。”

“哇哦，你的英语很厉害吗？”

“因为父亲工作的关系，我在加拿大待过五年。”

“欸！我都不知道呢。”

如此说来，虽然我与真司已经单独见过好几次了，但几乎从未提起过各自的过往。

“我们两个好像一直都在聊将来的事情吧？”

“所以啊，我到现在都不了解你的真面目。”

“因为我不是一个简单的女孩子呀。”

我并非刻意回避关于过去的话题。只是他迄今为止都未曾问过我，我也未曾问过他，仅此而已。虽然我自以为已经很了解他，但那几乎都是类似于“想必是这样的吧”之类的猜测。实际上，他亲口告诉我的只有去过特卡波湖这件事而已。

“有个问题我一直很想问你。”

“问吧。”

“你为什么那么想当偶像？”

“我第一次见到偶像时就有这个想法了。因为我感觉到她们在闪闪发光。”

“……”

当时的感动让我至今也难以忘怀。在加拿大的时候，亲戚寄给我很多日本电视节目的录像带。在那里，我见到了她们歌唱时的身姿——

“自那之后，我就一直在寻找能让自己发光的方法。我编造着各种谎言，对周围的人隐瞒这一切。但我知道像我这样的人世界上还有很多。大家都怀揣着梦想和愿望，虽不愿言说，却每日都在思考，都在为此努力奋斗。就像那些嘴上说着没有学习，考试却总能考一百分的人一样。”

“那种人可是会长黑眼圈的噢。”

“但那样努力的人很酷啊。”

今天的咖啡店里依然只有我们两个人。在这家看似快要倒闭的店里，突然响起了一阵笑声。短暂的沉默之后，我突然意识到自己好像在发表豪言壮语，然而为时已晚。将自己的真实想法向别人和盘托出，正如“赤裸裸”这个词语一般令人害臊。

“闪闪发光的东西，为何如此有魅力呢？”

“不愧是喜欢星星的真司，很懂嘛。”

可靠的盟友。我相信今后定会一往无前。当时的我就是那么的盲目自信。尽管春天的到来对我来说并不是一个好消息。

* 2 *

本想通宵达旦地思考如何度过一个有意义的春假，结果还没得出答案便睡着了。我回想着失去意识之前的记忆，就这样在床上躺了十三个小时。太过珍惜假期，结果却变成这样。我迷迷糊糊地瞧了一眼放在桌子上的台历，八日后才会有的失落感早早向我袭来。

只有在这短短的缓冲期里，我才允许自己过得如此任性。春假从今天起正式开始。打算穿着睡衣度过假期第一天的我，已然成了失败组预备军。

我晃晃悠悠地起身，从桌子下面的抽屉里抽出自开学典礼以来便尘封于此的教学大纲。在新学期到来前，我该做些什么准备呢？首先，要将脑海中模糊的高二计划明确下来。

扫了一眼写有学年活动安排的那一页，发现明年要上二百零七天学。没有竞走大赛的字样，取而代之的是山林劳动这种相当土气的活动名称。文化节、运动会，还有修学旅行。我一一确认这些活动的时间，也就了解了这一年的流程。对于我来说……这些都毫无价值。

嗡嗡——

床上传来手机振动的声音。又到了今天要坐在桌前的时候了。最近手机响起的时候，我一定是坐在这张椅子上，这俨然已成为一种征兆。

（东，你明天准备穿什么？）

华鸟发来的消息。我想回复她，可我还没想好明天穿什么。

马场阿姨领导的义工团体的活动就在明天。我们会与几十名义工一起推着坐轮椅的人爬山。这好像是“微笑小孩”每年春天的例行活动。我拍下马场之家派发的登山指南，发给了华鸟和久留美。望向时钟，时针已指向下午六点。明天要早起，我得赶紧收拾收拾了。

＊ 3 ＊

我于集合前十五分钟到达山脚附近的车站。优衣库的防风外套令我觉得温度刚刚好。若是在登山途中觉得热的话，将里面的衬衫脱掉即可。

从检票口进来是一个大广场，此时已然人山人海。大家都是“微笑小孩”的人吗？我站在售票机旁，等待着“南”“西”的到来。她们两个经常都是踩点到达。果不其然，久留美今天也是准点出现。

“小东，久等啦。”

见面后首先映入眼帘的是，从她肩膀上伸出来的、像羽毛一样的东西。

“早上好。你背的这个东西真可爱啊。”

“这个吗？”久留美一回头，那两个白白的物体也跟着跳动起来。从背后看，那是一个兔子脸登山包。兔子的脸部是用来放东西的，至于那大大的耳朵则没有任何实用性。绒绒的质地看起来不防水，应该也很不耐脏，那白白的垂耳兔估计回来的时候就会被弄破。不合适的不仅仅是这个背包，她也完全无视了服装的实用性。只见她上身穿着淡粉色男式防风衣，下身则穿着蓝色紧身牛仔裤，她就穿着这身平时的衣服来爬山。牛仔布没有弹性，运动起来好像很不方便，但总比她穿裙子来爬山要好。

“我在网上一眼就看中了，所以就买下来啦。这个包包很大，电脑都能装得下哟。”

“哇，没想到还挺实用呢。”

“小南还没到吗？”

“没呢。马上就要集合了。”

“大小姐还是那么我行我素呀。啊，我看到龟井了。”

顺着久留美手指的方向望去，我看到了龟井美嘉。那发着光的高高鼻梁，俨然已成为她的标志。

“久等啦。”

华鸟比约定时间晚到了十五分钟。见这位大小姐依旧那么优雅，气都不喘一下，我与久留美都不满地噘起了嘴。

“小南你可真行。终于来了。可你这是什么打扮？”

北面牌（**注：The North Face，美国著名户外品牌**）的冲锋衣配短裤，还有那花俏的紧身裤，再加上蒙特贝尔牌的登山靴。华鸟这身装扮一出场便彰显着对登山的热情。

“什么什么打扮？登山服呀！久留美，你不会就准备穿成这样去爬山吧？”

“这已经是我最适合运动的衣服了啦！”

“那你还不如穿你在学校穿的那身连体工作服呢。你也太小看这座山了吧？”

不过，华鸟确实说过她以前没爬过山。这套装备应该是为了今天特意买的吧。

“看你这么干劲十足的，不用换个发型吗？”

“当然啦。又不用给谁看，现在这个发型再合适不过啦。”

“跟你这身装备可不相配噢。”

“特意混搭才有品位嘛。”

“小南、久留美。”

广场中央站着一位熟悉的女性——身材圆润的马场阿姨正挥动着黄色小旗。

“我想去打个招呼，你们跟我来。”

关于马场之家的存在，以及在做英语义工这件事，我之前已经告诉她们了。

“马场阿姨。”

“哎呀，小东早上好。”

“早上好。”

"早上好。"

"早安。"

跟在我身后的两个人也探出头来打招呼。

"这位就是一直关照我的马场阿姨。"

"您好。我是西工业高专二年级的大河久留美。"

"我是圣南TENERITAS女子学院二年级的华鸟兰子。对于今天，我期待已久。"

每次在春假里进行自我介绍，我都不知道该说自己是几年级。开学后，久留美和华鸟就上三年级了，但春假结束前她们应该都觉得自己勉强还算二年级吧。

"我是马场。小东一直以来也很关照我啊。大河同学、华鸟同学，你们好。"

"您好。"

"小东……可以借一步说话吗？"

"啊？哦，好的。"

我跟着马场阿姨离开，西南二人则在原地等我。是要向我介绍谁吗？然而，与我预想的相反，马场阿姨带我走向广场边缘没人的地方。在一棵大树下停下脚步后，立刻回头看着我。

"小东，我可没听说你今天要带两个人来噢。"

那圆润的脸上未见一丝笑容。

"啊，那个……"

我立刻开始搜索记忆。我记得之前问过她可不可以带朋友一起来，她也同意了。不过，我好像确实没有告诉她是“两个人”，但多一个人应该也没什么不方便的吧。况且义工不是人越多力量越大吗？

“有些东西是按人头准备的。你不告诉我准确人数就会出问题。”

“……对不起。”

“还有，把你们分在不同组，这样没关系吧？”

“啊？”

“今天你和美嘉分在一个组。再加一个人的话应该是没问题的，但是两个人的话就有点……”

“为什么不可以所有人一起行动呢？”

“小东，你应该知道今天是什么活动吧？”

“知道。大家一起爬山……”

“没错。今天每台轮椅会安排五个人协助，大家齐心协力一起爬山。若其中四人都是女生的话我不太放心。当然也不是绝对不行，但我们要考虑到坐在轮椅上的人的心情。‘微笑小孩’的孩子们、行动困难的特殊教育学校的学生们以及他们的父母，很多人都非常期待今天这个一年一度的活动。”

“……”

“你好不容易来一次我还在这里跟你说教，实在是不好意思。我很感谢你能来。有什么不明白的尽管问我。”

马场阿姨对我说完这番忠告后，便急忙回到广场上的人群之中。待她身影消失，我也回到方才的地方。

“小东你回来啦。”

“感觉你的脸色不太好呀。”

“啊，没事。就是提前跟我交代一下。”

面对一无所知的华鸟和久留美，我拼命上扬嘴角，但表情依旧僵硬，怎么都笑不出来。一想到早晚都得将刚刚被忠告的事情告诉她们，我的心情不由得沉重起来。索性现在就装病回去吧。

“‘微笑小孩’的各位，大家早上好。现在进行活动说明，请大家在我能看到的地方蹲下来。”

于是大家围在团长周围，只见马场团长左手举着旗子，右手拿着喇叭放在嘴边。她那圆鼓鼓的肚子深吸一口气，开始主持这次活动。

“大家接下来要攀登的是单程约两小时的一号路线。今天我们这里一共有九十位参加者。”

“微笑小孩”去年的活动记录里好像写着参加者是五十名。今年的规模扩大了好多。

“让我们一起齐心协力，愉快地勇攀高峰吧。但是，千万不要勉强噢。若是感觉有什么不舒服，请立即告诉身边的工作人员。这边是来自特殊教育学校的老师们，今天他们会为大家提供各种帮助。”

被介绍到的老师们挨个向大家问好。接着，社会人义工、青年义工代表分别用一句话表达了自己的热情。之后，马场阿姨再次开口。

“接下来以小组为单位开始行动。我们已经分好组，叫到名字的请来这边。初中以下的义工们跟我一起最后出发，请你们稍等一下噢。那么第一组:藤原启治、横田博道、三岛枫——”

拿着1号牌的是一个十岁左右的小男孩。刚刚叫到名字的人正朝他的轮椅边走去。

“喂，小东，我好像有点不安呢。”

久留美在后面拽了拽我的衣角。我回过头，见她正皱着眉头。

“久留美……”

“我能爬到山顶吗？”

“别担心。还有很多大人在呢。大家的心情都是一样的啦。”

其实今天也是我第一次爬山。我不明白挑战这种艰苦项目的意义何在。若不是这次义工活动，我根本不会来爬山。而且，若不是为了梦想，我连义工活动都不会参加。按照自己的意愿生活岂不是更好？华鸟和久留美又是怀着什么样的心情来到这里的呢？

“你们要是觉得难受就跟我说。”

一直默默听着我们谈话的华鸟得意扬扬地向我们展示她的氧气罐。谁会在这座六百米的山上出现高原反应啊？她那鼓鼓的蒙特贝尔牌背包里估计塞满了没用的登山用品。

“对了，小东，我们在第几组？”

“那个……其实你们跟我……”

“小东！”

循声望去，美嘉正使劲地向我招手。

“这边！马上要出发了噢！”

美嘉身边的少女拿着3号牌，她仅能将头扭向这边。看来我被分到了第三组。

“啊，我得走了。”

“好像……已经叫过我们的名字了。”

我朝美嘉走去，久留美和华鸟也跟在我身后。应该还没有叫到她们。可这种情况，我根本不可能跟她们说“你们在其他组”。

来到美嘉身边后，旁边一位像是组长的男性笑容满面地欢迎我们。

“这样人就到齐啦。”

“不好意思，请多多关照。”

“请多多关照。”

“请多多关照。”

当我们东西南三人一齐向三组成员问好时，不出我所料，美嘉开口了。

“欸？这两位不是我们组的噢。对吧，马场阿姨？”

“对，小东的朋友在十组，还没有被叫到，请稍等。”

“啊？”

“好啦，三组的各位可以出发啦。”

马场阿姨朝手拿号码牌的少女挥挥手，催促成员已到齐的三组赶快出发。华鸟和久留美望着我，那眼神似乎有话想对我说。但是同组的其他人没有等我，大家已经出发了。

“抱歉，因为一些原因，我们得暂时分开，山顶上见吧。”

我用敷衍的话语应付着她们，且未等她们回应便开始朝山顶走去。

＊ 4 ＊

追上三组之后，方才那位笑脸相迎的壮男把一根粗绳递给了我。

“东，这个就拜托你了。”

我负责的这位轮椅少女好像不仅行动不便，甚至连说话都很困难。我试图根据她的表情去揣测她的心情。

当她抬头仰望着蓝天时在想些什么呢?

今天来这里恐怕不是她本人的意愿。少女的母亲则不断环视四周的景色，每当瞧见路边的鲜花与藏在树枝里的小鸟，便会停下脚步观察几秒钟。我时而看看人，时而看看风景，慢慢向山顶走去。

“你为什么要带她们两个来？”

经过一公里的标识牌之后，一直沉默不语的美嘉开口问道。

“因为一个人来，我心里没底。”

前几天告诉真司的那个真实目的，我当然不会在此时此刻说。

“这样啊……”

之后，美嘉再次沉默起来。我们组一路都保持着沉默。我试图说些什么来调节一下气氛，可山路突然变陡，我便没了那个心情。那位组长模样的男性有时会跟大家打招呼，然而大家的回应似乎都被树木吸收了。虽然并非情愿，但包括我在内的四个人都变成了不善交流的年轻人。

两个小时后，我们终于到达山顶，社会人义工们已在那儿等候多时。他们好像比我们先出发，并且为我们准备好了午餐。领了便当和他们亲手做的味噌汤后，我便坐在离他们稍远的木制长椅上休息。从洗手间出来的美嘉也走了过来。

“辛苦啦。”

“啊，嗯，辛苦了。”

“小东觉得怎么样？”

“我第一次参加这种活动，不是很清楚呢。”

“那你觉得开心吗？”

“嗯。”

老实说，我完全没有感受到一丝开心。爬完山我倒是明白了一件事，那就是尽管我奉献出了难得的假期，却依然无法获得做善事的满足感。

"抱歉啊，让你跟我一组。"

"没有啦，这有什么好道歉的。"

"……"

此时此刻，我必须坚决地否认。可是，在我斟酌语句的时候，气氛越来越沉默。不一会儿，美嘉挪开放在腿上的便当，朝人群走去。

过了一会儿，我去追她，可为时已晚。大家陆续到达山顶，美嘉已经消失在人群中。

我寻找着美嘉，可首先进入我视野的却是华鸟那大大的发带。在山脚下穿着的那件北面牌的冲锋衣已被她绑在了腰间。她正与久留美一起排着队领便当。旁边的久留美竟然将袖子卷了起来，这令我产生了一丝违和感——她可是个连夏天都不会放弃萌萌袖穿法的姑娘啊。

"现身了，那个叛徒。"

注意到我之后，久留美确实说了这么一句。华鸟也转过头来，她们用冰冷的目光注视着我。我立刻转身走向刚才的长椅，仿佛在逃难一般。

五分钟过去了，美嘉依然没有回来。长椅上还摆着两盒便当。虽然大脑有些混乱，但我肚子确实饿了，于是决定先吃了午餐再说。从背包中拿出水壶，摇了摇还能听见"哐啷哐啷"的声音，看来冰块尚未完全融化。

原以为在山顶上吃饭必定十分美味，现在才发现大错特错。米饭、羊栖菜，还有炸肉饼全都软软的，一点儿都不好吃。吃到一半，想起还有一杯已经凉透的味噌汤，可当我端起纸杯准备喝时，却发现茶色的汤面上漂着一只蚂蚁。

“淹死一定很痛苦吧。”

见前方三十米左右有个草丛，于是我单手拿着纸杯走了过去，瞄准混在杂草中的荠菜，将味噌汤全都倒在了上面。

“女孩子家家的，竟如此粗鲁。”

回过头，发现久留美、华鸟、美嘉正抱着便当并排站在那里。

“不、不是啦。这里面有只蚂蚁……”

“快点过来，吃饭啦。”

久留美喊我，她貌似并没有生气。我紧握着空纸杯，头发都没来得及整理便向她们走去。在刚刚还只有我一人的长椅前，华鸟和久留美开始往地上铺野餐垫。

“你们俩刚才不是还在生我的气吗？”

“总之请您先坐下来可以吗？”

我照华鸟所说，在吃了一半的便当旁坐了下来，看着她们两个铺垫子。美嘉则再次坐在我身旁，默默地吃起了便当。

“带了张这么大的野餐垫，果然很明智呀。”

“小南，今天谢谢你啊，一直在帮我。”

“别客气啦。来，吃饭吧。”

“我开动啦。”

“这味噌汤好好喝啊。”

“真的呢。”

明明看到我将味噌汤都倒掉了，还故意强调很好喝，这令我有些不开心。她们不仅不让我加入聊天，甚至还设置了壁垒。这两个人是为了报复我才特意跑过来的吧？

“小东，你怎么了？一脸不开心的。”

“没有啦，我只是在想……你们不是在生我的气吗？”

“没有生气啦。”

“真的？”

我不禁站了起来，一次性筷子顺势掉在了地上，但现在不是在意这个的时候。

“老实说，应该是已经不再生气了。一开始你把我们丢在山脚的时候，我真的很无语。”

“当时久留美都说要回去了呢。”

“因为今天是小东硬拉我们来爬山的嘛。没想到她自己却先跑了。留下我和小南真的很不安呢，所以就想回去了。”

“你以为是谁在一路上照顾你的啊？”

“抱歉抱歉。没想到你这么靠谱呢。啊，小东终于笑了。”

“太好了……”

虽然并非出于本意，但我们之间确实出现了一道裂痕，刚刚我还在苦恼该如何修复它，这下姑且放心了。

全身心放松后，食欲也立刻恢复了。刚才觉得那些菜难吃，就只碰了一小口，然而现在却能感受到它们的魅力，于是我再次打开了便当盒。在流口水的同时，我突然想起筷子已经阵亡了，于是只好眼巴巴地看着大家享受美食。坐在我旁边的美嘉只有吃饭才张开嘴，看起来并没有要说话的意思。

“啊，我给你们介绍一下。这是城州北高的龟井美嘉，她今天跟我一组。”

“我们之前见过的，只有小南是第一次见吧？”

“啊，是的……不过刚我们也聊了几句呢。她问我们要不要来这儿一起吃饭。”

所以她们三个人就一起过来了吗？美嘉为什么要喊上她们两个呢？

“龟井同学，我叫华鸟兰子。请多多关照。”

“欸，你不是叫南吗？”

“啊，没错。那是因为我在圣南TENERITAS女子学院上学，所以她们一般喊我南。龟井也喊我南好啦。”

“那么，我是北高的，你们就喊我北吧。”

“那你们也不要喊我久留美啦，叫我西就行啦。”

“哎呀！”

“华鸟你怎么啦？又一惊一乍的。”

“那我们正好就是东西南北了呀！”

华鸟、久留美、美嘉都惊讶地瞪大了眼睛。她们丝毫不怀疑这绝非偶然。我也学着华鸟用手捂住嘴，以此掩饰脸上的笑意。

＊ 5 ＊

“准备好啦，茄子——”

在一个不错的位置拍完大合照后，今天的任务基本上就完成了。

“那么大家准备下山吧。分组与上山的时候一样。”

马场阿姨一声令下，聚集在一起的九十人立刻分散开来。感觉呼吸困难时深吸一口山顶的空气，身体便自然舒展开来。这时，久留美突然与前面的轮椅少女聊了起来。

“小幸，你吃饭了吗？”

“吃了，很好吃。”

“下山也要加油噢。”

“嗯。”

从她们的对话可以看出小幸与久留美是一组的。那位叫小幸的少女若不是坐着轮椅，则与正常人没什么两样。

“啊，妈妈。”

身材高挑的母亲从后面走上前来。这位模特般的美女妈妈应该是在很年轻的时候就生下了小幸吧。

“幸，真是太好了，有这么多可爱的小姐姐围着你。”

“嗯。”

“下山也要拜托你们啦。”

母亲轻轻点了点头，环视了一圈围在小幸身边的四个女高中生的脸。

“哎呀，这不是美嘉吗？”

“好久不见，小幸妈妈。”

“今年没有跟你分在一个组呢。”

“是的。”

“不过还是能见到你，真是太好了。”

美嘉用熟练的口吻说着敬语与大人进行交流。光是看“微笑小孩”的博客就能知道，她加入这个团体，参加各种活动大约已经有三年了。之前与轮椅少女小幸有过交往也不足为奇。

“欸！小幸一家都认识美嘉啊。”

一直蹲着与小幸交谈的久留美“腾”地站了起来，瞪圆了眼睛打量着她们。旁边的华鸟虽然没有说话，却也能感受到她此刻的心情。只见她用手捂着嘴，今天第二次表现出这种夸张的惊讶。

这种场景，我也只能微笑地看着她们。虽然被排挤在外，我也依然站在山顶没有离开。

“你是？”

小幸的母亲突然望向我，歪着头疑惑地问道。

“啊，那个……”

“她是我的朋友。”

“噢，美嘉的朋友啊。请多多关照。”

“……请多多关照。”

朋友的界线比西科姆的激光传感器更令人费解。由于美嘉那过度热情的帮助，我连自我介绍都没说完，不过仔细想想，也没必要说出自己的名字。反正就算说了，小幸恐怕也记不住。

这时，西南北三人将小幸围在中间。好不容易动起来的车轮里似乎卡了个石头，走起来磕磕绊绊的。我向身边的美嘉提议说：

“我们也该回组里去了吧。”

“是噢。”她很快表示赞同，我们便回到了自己的小组。

太阳依旧放射着灿烂的光芒，尚未有要落山的迹象。下山速度很快，感觉需要休息的时间也比上山时少。

“好啦！看到目标啦！”

我们又回到了早上集合的广场。虽然大部分小组尚未到达，但等待他们全部下山也没花多少时间。简短的解散仪式后，早晨开始集合的“微笑小孩”也将就此分别。

我帮助的那位轮椅少女，一整天都在仰望天空——她好像患有先天性肌营养不良症。作为今天的答谢，她的母亲给三组的每位成员都送了一张明信片。

“哇，好可爱啊。”

“这是我女儿画的。”

一只青鸟正在森林中振翅飞翔。她所描绘的树木色调柔和，那景色远比现实世界更美丽。悲伤之情油然而生。她如此有才华，却被剥夺了运动能力，那种疾病实在令人恼火。

“谢谢。”

我与美嘉都将腰弯到与轮椅一般高，直接向明信片的作者道谢。直到最后，她的表情都未曾改变，只是目光坚定地凝视着那被染成橘色的天空。

我去迎接久留美和华鸟，果不其然，她们还在跟小幸谈笑风生。在一起这么长时间还没聊完，她们到底具有怎样了不起的聊天技能啊。

“差不多该回去了噢。”

“好的。”

“愉快的时间总是很短暂呢。”

我用手指指向车站方向，打破了空气中依依不舍的离别气息。

“只有五分钟了，再不快点就赶不上电车了噢。”

“今天真的非常感谢大家。”

小幸与母亲向我们低头道谢。久留美慢慢松开小幸的手，深深地鞠了一躬。华鸟，还有旁边的美嘉也跟着鞠躬，我的视野一下子开阔了。

正准备走向车站时，美嘉叫住了我。

“小东，我还得去给马场阿姨帮忙，就此告别啦。”

远处的马场阿姨正一脸严肃地与社会人义工们说话。我还是下次见面时再向她道谢吧。

“知道啦。代我向马场阿姨问好。”

“……嗯。那再见啦。”

美嘉的身影消失在马场阿姨那帮大人之中。

“美嘉走了啊。”

“下次我们还要聚在一起玩噢。”

东西南北聚在一起的时间虽然短暂，但这一日我们的关系确实有所好转。若人生像游戏一样可以存档，那我想立刻保存下来。

“总觉得好有成就感呢。”

“我也是。”

“我也是。”

乡间的电车依然空空如也。车上有很多空座位，但我们三个人还是并排坐在一起。她们两个紧紧抱着丝毫没有变小的蒙特贝尔牌登山包和已经有些损坏的背包。

“马场阿姨。”

“欸，你没跟大家一起回去吗？”

“嗯，我想帮你做做收尾工作。”

“不用那么客气啦。”

“因为这里就是我的家呀。”

“美嘉……”

“小东已经有那么好的朋友了，我不能打扰她。”

“……”

“是的……我明白。但是，我很开心。我今天特别开心。”

“美嘉，你听我说。你的确是‘微笑小孩’非常重要的一员。可是呢，如果你找到了其他的心灵归宿，那就应该开心地与我们挥手道别。我现在对你的期待不是关心我、惦记我，也不是协助我办义工活动。”

“……”

“我希望美嘉能笑着度过每一天。你承受了太多，也经历了太多苦难。因此你要活得更开心。”

“……好的。”

Ch.6

同谋

——驼色摄影师——

＊ 1 ＊

直到久留美发信息邀请我参加，我才知道西工业高专正在举办工业祭。文化节一般都在秋季举行，但西工业高专因为秋季要参加机器人大赛，所以会安排在夏季之前举行。

上一次参加工业祭还是在幼年时期，不过这一次，我依然非常兴奋。在久留美的邀请下，东、南、北三人分别穿着各自的校服在离高专最近的车站集合。在昨天少数服从多数的投票中，只有华鸟一人投了私服，因此她今天来的时候也是噘着嘴，一脸的不开心。

“今天放假，我们还穿着校服，好奇怪噢。”

“去参加文化节，穿私服会显得有些轻浮啦。”

“可今天不是文化节，是工业祭，不是吗？”

加上爬山那次，华鸟与美嘉这才第二次见面，可她们的谈话却丝毫不显生疏。

校门口正在派发各式各样的传单。热狗、巧克力香蕉等常规小吃店自不必说，好像还有科学体验和机器人格斗这种高专特有的项目。

久留美之前说她会在珍珠粉圆店里看店。真司他们班好像是做咖喱的，但我今天并不想见他。我能想象出他色眯眯地看着我们这些穿校服的女高中生的样子。

“真的好热闹啊。”

“小南，别走散了噢。”

“知道啦。”

华鸟说着就抓紧了我的背包。

“哎，请等一下，小姐姐们是几年级的？要不要来我们鬼屋玩一下？”

一位男生将传单硬塞给我们。可能是心理作用吧，总觉得之前在哪里见过他。

“鬼屋对心脏不好噢。”

华鸟今天依然是一副冷淡的态度。她用斩钉截铁的语气，华丽地拒绝了男生的邀请。

“久留美估计正在寂寞地哭泣呢。我们得赶紧过去。”

华鸟这么着急肯定是因为口渴了吧。但在文化节上卖的珍珠粉圆基本都是又凉又硬，没什么味道——虽然说可能有点对不起满心期待的华鸟和正在看店的久留美。

“久留美她们班在三楼……应该是往这边走吧。”

“看那个！那里写着珍珠粉圆呢。”

华鸟松开我的背包，拨开人群飞快地往前走。我与美嘉也紧跟其后。珍珠粉圆店门口排队的人群一直延伸到走廊，队伍末尾有位男生，应该是久留美的同学。他正举着“队尾”的牌子。

“好像不点单就进不去呢。”

“啊，她就在里面呢！久留美！”

“哪里？”

我循着她的视线望去，但并未看见久留美的身影。

“真的在吗？”

“在的啦！”

因为华鸟的个子最高所以能看见吗？可就算久留美在教室里，这种距离也很难听到我们喊她。

“总之，我们先排队吧。”

进入教室后就有一个收银台，好像是要先买单再等待取餐。教室里还准备了桌椅，虽然数量很少。

“下一位请点餐。”

“我要一杯奶茶。”

“我也是。”

“我要可尔必思。”

“每位四百日元。”

虽然待客口吻很有礼貌，但为什么高专的男生都不敢看我的眼睛呢？果然是因为班里女生太少了吗？我想起与真司初次见面时的情景。

“你们是56号。取餐时我们会回收号码牌，请往那边走。”

我们顺着他的指引走向教室里面，但人实在太多了，难免会被撞来撞去。空调制冷效果很好，倒也不热，就是平白多了些无用的交流，很是麻烦。

“华鸟，快找找久留美在哪里。”

“她刚刚就一直在那里呀。”

“不会吧？我什么都看不见啊。”

“跟我来。”

华鸟毫不客气地使劲往前挤。教室的窗边摆着一张长桌，用来分隔厨房和客人用餐区。厨房那侧有一位女生，腰间系着围裙，正面无表情地捞着珍珠粉圆，看样子是个名副其实的美少女。

“久留美！”

“哇！谢谢你们来捧场。”

“我出去一下。”久留美跟旁边那位沉默寡言的男生说了一声，便转身绕过桌子向我们走来。

“你就这样出来，没关系吗？”

“没关系啦。反正从采购开始一直都是我在负责的。你们是刚刚才到吗？”

“是的。我们一到学校就直接来这儿了。”

“因为我们担心你会寂寞嘛。”

“嘿嘿，我好开心噢。”

我没有听错。久留美刚笑完，紧接着从身后传来好似悲鸣一般的声音。环顾四周，才发现大家的视线都聚集在我们身上。

我们被包围了——

是因为只能看到个子最高的华鸟吗？还是因为这间珍珠奶茶店实在太火爆了？

……原来如此啊，久留美身边已经挤满了人。

“不好意思。”

两位朴素的女高中生戳了戳久留美的肩膀。

“嗯？”

“能跟我们合张影吗？”

她们既没有穿校服，也没有穿私服，而是穿着班服T恤。如此看来，她们也是高专的学生。

“去年的机器人大赛我们也看了。从那之后就一直很崇拜大河学姐。”

“啊——谢谢你们。那……”

虽然答应了她们的要求，但久留美并未露出好看的笑容，甚至连Pose都没有摆。平时去服装店或者餐饮店的时候，她对店员的态度也不是很亲切。能成为她的朋友，我感觉自己就像是天选之人，所以每次面对这种场合时，我都沉浸在一股莫名的优越感中。

“哎呀，也跟我们拍一张吧。”

有四五个男生趁机靠近。与男性合影对偶像而言是一个危险的行为。无论如何我都要阻止他们。

“久留美，我想去一下洗手间。能告诉我在哪里吗？”

“嗯。我带你去。不过等人少一点再去比较好。”

“我快憋不住啦！”

＊ 2 ＊

去了一趟并不是特别想去的厕所后，我们在校园里的长椅上坐了下来。

“怎么说呢，像现在这样，能遇见大家真的好幸福。”

“……”

“其实，以往每年的工业祭我都不会参加。我觉得开店实在太麻烦了，而且也没有人陪我一起逛。”

“……”

“但是，今年我觉得很开心。”

“那真是太好了。我也是呢，现在觉得好开心。可是跟大家在一起，搞得我都不想备考了。所以我们还是找个地方……”

“不好意思。”

一位陌生男生打断了华鸟的话。

“我是高二的清水。如果方便的话，请过来看看这个。”

男生将一张纸递给久留美之后便匆忙离去。高二的话，那就是跟真司同一个年级。

“这是什么？”

六只眼睛一齐望向久留美手里的东西。

“儿童大蜥蜴·11时10分在体育馆开演。”

“这是什么传单？上面那几个大字——‘儿童大蜥蜴’是什么东西？”

“应该是乐队名称吧。经常在文化节上演奏的那种。”

“要去吗，久留美？”

大家连忙起哄，久留美皱起了眉头。

“嗯……你们决定吧。”

“说什么呢？肯定要去啦。”

“我也觉得。”

“既然大家都这么说，那就去吧。”

我们三人从长椅上站起来，跟在久留美身后。平时几乎都是我打头阵，这次却走在了最后，不禁觉得很是新鲜。

到达体育馆后，时间尚有富余。要在这闲暇时间听跟我们毫无关系的学生组成的翻唱乐队的演出，实在有些残酷。现在正在表演的这个叫“章鱼腿”的乐队，每个乐手都太过于强调自己的乐器，导致主唱的声音被完全掩盖掉了。我真想用遥控关掉舞台上那台罗兰扩音器。

“嘴巴有点寂寞啊。”

“去买点吃的？”

“这么说来，我的奶茶呢？”

“啊。”

我打开包，看到了带有折痕的号码纸。

“为什么没有一个人发现呢？”

“东不能去。因为她刚才说要去洗手间。”

“那就由我去取来吧。”

“不行。久留美你不能走，你是最不能离开的。”

“可是，如果不冰了，还是请他们重做一下比较好呢。”

确实，能请他们重做的只有久留美。我们三个恍然大悟并沉默起来。

“距离儿童大蜥蜴出场还有一段时间，没关系的。”

久留美起身返回珍珠粉圆店，而刚才是因为我要上厕所才导致她们走开，所以我也跟在她的后面。华鸟和美嘉则留在体育馆，占座的任务就交给她们了。

“你们是56号？啊，已经做好很久了，现在肯定不冰了。”

果然，我们点的珍珠果汁里的冰都融化了，多出了很多水。不过，久留美利用她的特权给我们换了新的，总算是放下心来了。双手拿着饮料，杯壁冰得结了露，我有些担心自己会不会手滑。就在我们准备回体育馆时，听到身后有人在喊久留美。

“久留美。”

这位少女的声音我好像在哪里听到过。

“啊！小幸！”

久留美一看到小幸就立刻跑向她的轮椅。小幸为什么会出现在这里？是久留美邀请她来的吗？即便如此，那小幸是自己一个人过来的吗？

“我带你去逛逛吧。啊，小幸你要喝这个吗？”

“嗯。”

小幸从久留美手中接过珍珠果汁，用那张樱桃小嘴含住了吸管。

“小东，不好意思，麻烦你帮我拿一下珍珠奶茶。可以用那边的托盘。”

“下楼梯的时候恐怕会洒掉呢。”

“没关系，可以坐电梯。”

“欸，这里还有电梯吗？”

这在公立高中简直是无法想象的，但公立高专好像确实有。她是知道这个才邀请小幸的吗？

我们推着轮椅少女，走廊里的学生和其他学校的学生都纷纷回头望着我们。然而久留美完全无视周围人的反应，大大方方地往前走。我们乘着电梯下楼，但是要去体育馆还需经过一条外部走廊，那里有几层台阶。看来教学楼与外面之间并没有完全适用无障碍设施。

“小东。”

“嗯？”

“我和小幸还是在这里等你好了。”

"不是吧？"

久留美意志很坚定，无论我怎么劝她都不听。

这样一来，我就只能先回到正在占座的华鸟和美嘉身边再思考对策了。回到体育馆，看到她们俩正坐在第一排的椅子上，相当显眼。

"啊，来了来了。谢谢你，小东。"

"我的是可尔必思味的噢。"

一见到我，华鸟和美嘉就拿起托盘上加了珍珠的饮料。她们好像并未察觉到久留美不在。

"那个，你们边喝边听我说，久留美说她不来看乐队演出了。"

"你说什么？这短短的时间里发生了什么？"

"刚才小幸去久留美她们班了。"

"小幸，是'微笑小孩'的小幸吗？"

"没错。"

"那现在久留美在哪儿？"

"跟小幸在一起。"

"如果久留美不来看'儿童大蜥蜴'的话，我们也没必要看啦。这样就不用占座了吧。"

她们俩开始慢慢收拾东西。

"小幸和久留美在哪里？"

"应该在出了体育馆那里。哎，等一下。你们真的不看了吗？"

"东你想看吗？"

“想看啊。”

“那我们先走咯。”

美嘉看起来有些犹豫，但还是被华鸟强行拉走了。只留我一人在体育馆里。

“是叫清水吗？那个男生也真可怜啊。”

我在她们占好的座位上坐了下来，也许这是个错误的选择，但我也不愿再想了。没办法，因为我并不想跟小幸在一起。

* 3 *

（我们在家庭科准备室的咖喱店里。）

“儿童大蜥蜴”唱完全部三首歌之后，我看了眼手机，发现美嘉给我发消息了。我输完“马上过去”，正准备按下发送键时，却突然犹豫起来。咖喱店？真司不就在那里吗？

我在宣传册上确认了一下位置，很遗憾，全校只有一个班在开咖喱店。我满心忧郁地离开了体育馆。

“啊，小东终于来了。”

“久等啦。”

“你的肉末咖喱正好端了上来。”

“那我趁热吃咯。”

幸好收银台和这一层楼都未见真司的身影。从她们四个人的对话来看，从点餐到上菜似乎要等很长时间。我面前的这碗肉末咖喱里，米饭大约占了八成。华鸟点的是蔬菜咖喱，里面的胡萝卜和土豆切得很难看，但大小姐对这朴素的味道很是满意。

我将看完“儿童大蜥蜴”的感想告诉了久留美。清水演唱了《女主角》《高中女孩》《恋》这三首歌。但他的音准很不稳，简直不堪入耳。久留美只是微笑着说了句“幸好我没去听”。

吃完饭，我们继续说笑了一会儿。久留美必须回去了，我们也就走出了家庭科准备室。与上午相比，现在可以说是人数骤减。

在送久留美回教室的途中，小幸突然从轮椅上探出身子。

“这里是什么？”

她指着的地方写着“角色扮演照相馆 —10年后的你—”

“进去看看？”

美嘉一问，小幸立刻使劲地点了点头。

“久留美来得及吗？”

“嗯，别待太久就行。”

“那我们稍微进去看看吧。”

走廊上的装饰一点活力都没有，我对此根本提不起兴趣，但我明白再次擅自行动是很危险的，所以只好不情不愿地跟着她们进去。走进教室，迎接我们的是廉价的裙子和兔子玩偶服装之类的衣服。

“欢迎光临。哇哦，没想到最后竟然迎来了这么可爱的客人。”

“最后？”

“嗯。我们想着应该不会再来人了，都准备关门了呢。”

这位高专学生熟练地操着娘娘腔，还穿着裙子抹着口红。不知是否因为预算不够买不起假发，他依然顶着个光头。

“啊，那请小姐姐们去那边挑选一下自己想穿的衣服吧。不过，可不是现在想穿的噢，而是想象一下自己十年后穿的衣服。”

“为什么？”

“这样才跟时光胶囊一样有趣嘛。”

娘娘腔指了指入口处的衣架，就是我刚进教室时最先注意到的那些廉价衣服。

“我要穿这个。”

“你也决定得太快了吧！”

“那我穿这个！”

久留美选了一件男士西服，小幸则选了一件有点像短裙的衣服。

“小幸选这件衣服，是要装扮成什么？”

“这件啊，我想装扮成偶像啊！轻飘飘的好可爱！”

“小幸你真的很喜欢偶像呢。”

正握着轮椅把手的美嘉温柔地摸了摸少女的头。

不会吧，小幸竟然和我……

“不过，我还是穿这件‘婚纱’吧。”

“欸，为什么？机会难得，小幸就穿那件可爱的衣服不是挺好的吗？”

“算了。比起让我穿，还是更想看姐姐们穿那件衣服。”

“那我就穿那件了噢。”

既然小幸不穿，那我就穿吧。在整个衣架上，这件从裙撑开始蓬起的、色调柔和的裙子是最吸引我的。

“还有很多小道具呢。这个是你的。”

娘娘腔硬是要我拿着一个原来应该装了汽水的塑料话筒。他估计是听到了我和小幸的谈话。

我、华鸟、美嘉三个人在娘娘腔的指引下走进更衣室。久留美早已换好男士西服，所以给小幸换衣服的任务就交给她了。

“南那是什么衣服？”

“探险家啊。东有没有读过利文斯敦传记？”

“没有。我压根就没读过名人传记。”

美嘉换上修女的服装，总是一副欲言又止的样子。

“美嘉你应该知道利文斯敦吧？”

“……”

“怎么了？你怎么不说话？”

“南，你知道小幸为什么要选婚纱吗？”

“……不知道啊。”

“因为这里的衣服都好短，没有她想穿的。”

“可是裙子短一点不是更可爱吗？”

“如果你的双腿是金属做的，你会想让别人看见吗？”

“……”

原来如此。她今天和之前爬山的时候都穿着长裤，所以我们才没发现她的双腿是义肢。

“对不起，我并没有在生气。”

美嘉温和地说完这句就离开了更衣室。这只剩下我跟华鸟的空间里弥漫着无奈而又沉闷的气氛。

“……我好像，说了不该说的话呀。”

“那也没办法呀，你又不知情。反正我不觉得你有说错什么。”

“……谢谢。”

我穿上系带长筒靴，华鸟也穿上了添柏岚牌的靴子。

“东，这身很适合你噢。”

“小南你也很像那个利文什么嘛。”

“喊，你明明都不知道他是谁。”

“我开门了噢。”

小幸在更衣室门前等着，我的视线不由自主地看向她的腿。

“哇！好棒啊！”

我本来对角色扮演这种异次元体验感到非常不好意思，但小幸这夸张的反应倒是让我缓和了一些。

“挺不错的嘛！既然大家都换好了，那照片背景用什么颜色呢？”

“背景也可以选吗？”

“是的。不过只有白色和绿色两个选择。”

“小幸想要绿色！”

“绿色对吧？那请你站到黑板前面。”

“什么？这样啊……”

果然不能对学生活动的质量抱有期待。更令人惊讶的是，娘娘腔手里拿着的居然是拍立得。明明打着照相馆的旗号，可最重要的相机却是一台拍立得。

“那我拍了噢！”

咔嚓——

按下快门后，相机将四边形相纸缓缓吐出。然而，尚未显像的白纸上居然出现了本不该有的黑线。

“讨厌——这条线是什么？难道是墨水漏了？”

娘娘腔开始拆解拍立得，那双手很快便被染得漆黑。

“能修好吗？”

为什么墨水会漏？究竟为什么要用拍立得？为什么最后我们要来这种地方？随着时间的流逝，我也陷入了懊悔之中。感到着急的好像不止我一个。华鸟、美嘉还有久留美都撇着嘴，与她们的造型极不相称。

“应该没时间了。”

久留美用手机确认了时间，随后拨通了一个人的电话。

“小真现在在哪儿呢？”

不祥的预感——这恐怕不是预感。

就算我祈祷这个小真不是我所认识的小真，但恐怕也是徒劳。

“社团的学长说现在过来帮我们拍照。每次比赛都是由他负责拍照，技术还不错，就让他给我们拍吧。小东也认识的，对吧？”

“认、认识。”

事到如今，我只能接受这无法逃避的现实。早知还是要在这里见到他，那我在咖喱店真的是白担心一场，害我都没尝出肉末咖喱的味道。

不到五分钟，真司就来了。可能离得比较远吧，他正罕见地喘着粗气。

“不好意思啊，小真。”

“好棒噢！那么大的相机！”

“谢谢你特意跑过来。”

美嘉道谢之后，华鸟与小幸也点头致谢。

“没关系、没关系。”真司将插在口袋里的手放在面前摆了摆，表现得十分绅士。对了，从某种意义上来说，这时候跟他见面或许是幸运的。因为我们没有穿校服，而是穿着角色扮演的服装。真司看着我们抿嘴一笑，但并未像我想象中那样色眯眯的，我也算放下心来。

“真的很抱歉！谢谢你！呜……”

“你可是个男生啊，别动不动就哭。”

华鸟强行拽起坐着的娘娘腔的胳膊，那光头不情愿地抬起头，脸上还挂着透明的鼻涕。

“我来了，你就别哭啦，没关系的。”

“欸，小真难得这么靠谱。”

“久留美，你为什么要穿西服？”

“因为这里是角色扮演照相馆呀。”

“我知道，可你为什么要选这件？”

“这件穿起来最像系统工程师，不是吗？”

穿着毫不统一的我们在黑板前一字排开，真司举起了挂在脖子上的徕卡相机。我透过取景窗与他四目相对。

咔嚓——

快门发出轻微的响声，若不仔细听根本听不见。

“好了，拍好啦。”

“等一下，你都没喊‘一、二、茄子’，我们根本不知道你什么时候拍的。”

“刚才久留美的表情肯定很奇怪啦！”

咔嚓——

“不是说了嘛，拍的时候你得告诉……”

“放心啦。大家都拍得很好。久留美，珍珠粉圆店里的家伙一直在找你，你还是赶紧把衣服换了跑回去吧。我也得快点回去收拾了，不然要挨骂的。”

久留美立刻跑进更衣室，真司也回教室去了。

“什么嘛，那家伙那么拽。”

“刚才那个人，小东也认识吧？”

“啊，算是吧……”

“不管怎么说，总算是拍好了，不是吗？”

“是啊。我们也去换衣服吧。”

华鸟与美嘉走进更衣室。我也准备紧跟着进去，却又停下了脚步。久留美走了，如果我也进去换衣服，那就剩小幸一个人了。

“抱歉，小幸。我去换一换衣服，马上就来，你可以等我一下吗？”

“嗯！我没关系的！”

“那……”

“小东，谢谢你能穿那件衣服！看起来就像真正的偶像一样！”

“……”

比起从大人口中寻找令人开心的话语，从小孩子口中则要容易得多。我宁愿相信，这个年纪的小孩子尚未学会阿谀奉承。

“如果我真的成为偶像，你会开心吗？”

“嗯！”

“是啊……”

我弯下腰，在小幸耳边轻声问道。

“那一言为定噢！”说着，少女在我面前伸出了小拇指。

＊ 4 ＊

“欸，那个坐轮椅的孩子也这么觉得吗？”

“嗯。”

“那件衣服很适合你。”

“偶像的衣服总是很可爱的嘛。不过那件太廉价了。”

“文化节的店里也就只有那种质量啦。”

“看来想穿真正的偶像服装，还是得成为真正的偶像才行啊。”

“咖喱怎么样？”

“怎么说呢，没什么印象了。”

“我们可是很努力地做呢。我还放了少量的佐料。”

“啊，把你拍的那张照片给我吧。”

“机会难得，等我洗出来再给你吧。”

这杯咖啡似乎有魔力，真司看起来完全变成了一位沉着稳重的男人。不过，我与他见面可不是为了跟他闲聊。

“接下来，我要开始进攻东西南北的正中央了。”

“欸，我可不了解中部的高中啊。”

真司端着咖啡，漫不经心地听着我说话，我也默默地凝视了他一会儿。在他心里，咖啡似乎比我重要。

“嗯？我说了什么奇怪的话吗？”

"中部根本就没有高中啦。"

"哦。"

真司将咖啡杯放在桌子上。他靠在椅背上，坐直了身体。

"那么，你的目标是？"

黑框惠灵顿后面的焦点终于对准了我，我要进入正题了。

"翁琉城。"

"翁琉城？现在好像还不能有效地使用吧？"

"虽然当地居民只有在樱花盛开的季节才会去，但翁琉城在'猫途鹰'上的评价非常好。在去年的'外国游客最喜欢的日本景点排行榜'中位列全国第十二名。"

"哇哦，很受外国人欢迎嘛。"

这时，我拿出藏在书包里的电视信息杂志，指着"外国人评选的值得一去的景点TOP30"的节目表对他说：

"下次开始播放这个。"

节目名称为"确实听说过的日本真实（真的）景点"。虽然名字有些老套，但听说是由人气搞笑艺人Up curry下田主持的。

"这档节目怎么了吗？"

"翁琉城会上这个节目。所以从下周开始，我们就要去翁琉城上班了。"

"上班？"

"嗯。给外国人当翻译和向导。这件事我们已经说好了。"

前几天去马场之家时，跟马场阿姨商量了想去翁琉城当义工向导这件事。马场阿姨在城州当了二十年义工，有她的帮忙很快就搞定了。她说她会给我一位大人物。

“我想跟翁琉城一起上电视。”

“……会有那么顺利吗？”

真司忧郁的神情令我突然有些不安。

“不过，就是个城内向导义工而已嘛。关于翁琉城的信息，解说词里基本都有了。义工翻译应该每座城都有，所以你们应该也很难成为焦点。而且我听说，有些特别用心的地方还会装扮成武士或者是忍者。还有，如果拍摄时间是工作日的白天，那不就完了？我觉得吧，就算能上电视，如果你们没什么特别的表现，也不会有任何结果的。”

他列举的这些情况确实没错。我还是第一次听他说这些。他以往基本都是用“好有趣啊”“加油”之类的话来鼓励我，所以我今天依然期待着他的鼓励。

现在这本摆在桌子上的电视信息杂志，其实我是被它的封面吸引才买下来的。五个人的偶像组合，每个人都拿着柠檬放在脸旁对着我微笑，轻易地为我指明了方向——或许可以这么解释。

“可你还是会坚持的，对吧？”

“啊？”

“若是在自己的前进道路上遇到了阻碍，大部分人都会另寻出路。可你却会越过障碍，或是直接将它破坏掉。就像野猪一样。不，应该更像哥斯拉吧。”

“你居然说一个女孩子像哥斯拉？”

“对不起、对不起。”

我凝视着慌忙喝起咖啡的真司。他总是很草率地发表对别人的看法。之前我在校服裙子里穿了条运动裤，他就直接说很丑。说出来自己痛快了之后又马上道歉，耳朵也羞得通红，这便是他的一贯作风。最近真司总是表现出一副很了解我的样子，我也大概能看透他的心思。

“东。”

“怎么了？”

“我有一个建议——”

Ch.7 好对手

——会多国语言的老人——

* 1 *

向真司坦露计划整整一周之后便是攻城纪念日。澄澈的蓝天下，巍然矗立着的翁琉城正俯瞰着我。

“谢谢。”

我无视亚克力板后售票大姐的目光，径直走向正门。我已经买过票了，所以希望她能秉承服务精神原谅我这种行为。现在是上午十点五十五分，正好比约定时间早到五分钟。我的时间观念在日本人中也算是很强的。

翁琉城坐落于山顶，能将整个城州区尽收眼底。不过我对爬山没有兴趣，不可能在一年内爬好几次山，所以自然是坐接驳车上来的。

“你是东吗？”

“欸？”

“你是东吧？马场跟我介绍过你。”

“啊，对的。我是东。”

在入口附近，三位老爷爷注意到对这里不太熟悉的我，于是走了过来。他们看起来与我爷爷差不多年纪。这位八十岁左右的老爷爷戴着大大的假牙，因此想合上嘴巴似乎都有些困难。不过，他脖子上挂着的会员证很快便进入了我的视野。原来如此啊，这个人是——

“您就是伊丹先生吧？马场阿姨向我介绍过您。我叫东。从今天开始就要烦请您多多关照了。”

“你好，请多多关照。”

我伸出右手，伊丹先生用他那布满皱纹且孱弱的手握住了我的手。随后，我又与旁边的两位老爷爷握了手。

“那我得赶紧去借袖章了，待会见。”

其中一位老爷爷留下这句话就离开了。他有着圆圆的眼睛，白净的脸颊上浮现出一抹红色，那丰满的体型也实在可爱。

“工作的时候，必须佩戴袖章。今天轮到他值班。值班的人要去正门那里帮大家把袖章拿过来。”

“这样啊。”

我刚还以为是非常严苛的上下级关系，但听伊丹爷爷说是值班制，也就放下心来。

“对了，你去过这附近的下松博物馆吗？”

这突然的提问不是来自伊丹爷爷，而是旁边的另一位爷爷。

“下松博物馆？我还没去过。”

“是啊。推荐你去看看噢。这是我之前去那里拍的照片。你看，很帅气吧？”

他硬塞给我一张照片。那是一架已经损坏的战斗机。可能等我上了年纪也能体会到它的魅力吧。

“哎呀，你看你，搞得人家很为难呀。说就说嘛，还突然把照片塞给人家，这是什么意思嘛！”

被伊丹爷爷犀利地制止之后，军事宅爷爷立刻收起了照片。看来伊丹爷爷的地位似乎要高很多。

“对了，你是会说英语的吧？”

“是的。”

“那你今天可能会有点无聊了。因为我们要接待的是西班牙人。”

“西班牙人……”

难道要用西班牙语来当向导吗？

这时，那位刚才去拿袖章的爷爷小跑着回来了。

“久等啦，这是袖章。”

“辛苦了。那我们待会见。”

两位爷爷开始朝南门走去，只留下我与伊丹爷爷在此。我原以为是四个人一起行动，但现在看来好像并不是。

“伊丹爷爷，他们二位要去哪儿？”

“今天只有一位客人提前预约了，所以除了负责人，其他人都要去门口招呼客人。如果发现外国游客，就要上前询问是否需要向导。”

听起来跟寻找发型模特一样辛苦，但我想象中的义工向导正是如此。

“可是，那位爷爷又不太会察言观色。”

“哈哈哈……”

他很快察觉到我说的是哪位爷爷。看来老年人社会的水也很深呀。

提前预约的游客准时现身了。她那温柔的相貌令人放下心来。这位叫汉娜的西班牙人是一名二十岁的女大学生。我能听懂的仅限于此，之后这位日本老爷爷就开始用西班牙语与她交流起来。见汉娜开心地回应他，就知道他们应该沟通得很顺利。

“进入天守阁之前，我先介绍一下翁琉城的历史。”

老爷爷跟我说完这句话后，他那满口假牙的嘴里又再次蹦出西班牙语。随着他从大大的斜挎包里拿出文件，这场义工之旅终于拉开序幕。

＊ 2 ＊

“这座翁琉城兴建于战国末期。当时在武将之间流行兴建宏伟的城堡来彰显自己的实力，翁琉城便是其中之一。当然，它的构造也是十分坚固的。那边那些洞是悬眼。虽然现在是打开的，但过去在敌人攻城之前便会用灰泥封堵起来……”

伊丹爷爷参照手头的文件进行了五分钟左右的讲解。考虑到我听不懂西班牙语，他也会交替着用日语说给我听，但我有些担心会不会因此冷落了汉娜。

“那我们赶紧进城吧。”

第一个地点解说完毕后，伊丹爷爷再次为我们带路，往下一个地点前进。不知是因为步子比较大，还是性子比较急，他虽然年纪大，可走路速度却很快。

我们紧跟其后，但每到重要地点汉娜就会停下脚步。她就这么走走停停，一直拿着数码相机拍照。我得同时跟着伊丹爷爷和汉娜，为了不与他们走散，我只能不停调整自己的步伐，也真是不容易。

来到天守阁门口时，汉娜满脸歉意地将相机递给我。

“Please。”

我爽快地接过相机，将镜头对准她，她也立刻露出笑容。在她竖起大拇指摆好姿势时，我按下了快门。汉娜的梦想是什么呢？我看着取景器，脑海中突然浮现这个疑问。

进入天守阁后，人突然多了起来，我们最终还是与伊丹爷爷走散了。掉队的我与汉娜决定还是先进城再说。

根据馆内地图来看，似乎应该按照三楼、二楼、一楼的顺序参观。现在我与汉娜所在的一楼是特产卖场。汉娜看着立在馆内地图旁的“捐款芳名榜”，虽不明白其中含义，但也拍了照片。这些刻着名字的人应该都是捐了钱的。我无法想象他们到底捐了多少，但应该是按照捐款金额大小来排序的吧。

"华鸟信子"——最右上角的名字突然吸引了我。不会吧？要是记得的话，下次见面时问问她好了。毕竟我也没有在意到现在就要特意打电话去问她。

汉娜心满意足地看了看我，于是我带她走向通往三楼的电梯。

"东。"

"啊，伊丹爷爷。太好了，终于找到你了。"

原来脚步飞快的老爷爷正在前面的电梯处等着我们。如果我选择爬楼梯的话怎么办？

"走吧，我们一起上去吧。"

翁琉城的最顶层是瞭望台。城州自然不在话下，就连前面的那片大海都能一览无余。伊丹爷爷再次打开文件，继续解说。与方才一样，依然是先用西班牙语，再用日语的顺序，这次是关于瞭望景致的讲解。

"今天天气晴朗，所以远处的景色也完全能看得见。这座城的南边有条河，所以过去就将逃生通道建在了北边。就在那附近……"

进行日语讲解的时候，汉娜绕着三楼溜达了好几圈。这个女孩花了十五小时以上的时间才来到日本，现在却为了打发时间不得不在这里徘徊，这让我有点于心不安。我纠结着要不要跟爷爷说"你不用管我也可以的"，可又怕惹他不开心，所以很难开口。保险起见，我最终还是什么都没说，任由汉娜在那儿等着。

"怎么样？即便你住在这儿也有很多不了解的吧？"

“是的。”

“太好了，太好了。那我们接下来去二楼吧。”

伊丹爷爷心满意足地眯起眼睛，再次以惊人的速度迈开了脚步。我带着汉娜紧跟在爷爷身后。

走下楼梯，二楼好像是个美术馆。这里的氛围与三楼完全不同，那飘着古琴乐声的空间里，展品陈列有序。

“WAO！”

汉娜一溜烟飞奔过去，吸引她的是上面写有“萤丸国俊”的日本刀。

她花了好长时间从剑柄到剑尖慢慢观察，还旁若无人地大声拍手叫好。伊丹爷爷急忙上前提醒她，汉娜用尖叫声表达着自己的兴奋。

“哈哈哈。东，她说这把日本刀真是太漂亮了。”

“是呢”——我没有说出口，一看汉娜那激动的样子谁都能明白，也就无须翻译啦。

“其实这把日本刀在游客中也是最受欢迎的。”

外国人的喜好真是无法理解。日本刀不就是稍微大一点的菜刀吗？

“爱好历史的人称之为‘幻之剑’。那是因为这把刀在太平洋战争后曾下落不明。大家都以为它是因为禁刀令被没收了，但在大约二十年前，人们却在城州发现了它。当时还作为特大新闻报道了，不过那时东应该还没出生，不了解也是理所应当的吧。至于萤丸这个名字的由来，是因为有一位叫阿苏惟澄的武将在梦里……”

这把被语言、瞳孔颜色都与我不同的外国人喜爱的刀，它的价值似乎比我想象的要高很多。

在日语讲解结束之前，汉娜一直目不转睛地盯着这把刀。中途还请路人帮忙，给她和刀拍摄合影。

二楼是这次义工向导的最后服务地点。我们在天守阁的停留时间还不到一个小时吧。

我们将汉娜送到正门口，与她进行最后的告别。

“谢谢。”

我用刚学的西班牙语向汉娜道谢，汉娜握住我的手，用日语说道：“东，谢谢你。”

“扑——”

我不禁笑了出来，汉娜连忙用日语向我道歉说：“抱歉，我的日语不是很好。”

“NO! NO! VERY WELL!”

若我伤害了这个单纯的西班牙人，那都是假牙爷爷的错。

我们两个女生正享受着最后的闲聊。这时，与我们分头行动的军事宅爷爷和老可爱爷爷现身了。不过一个小时没见，竟感觉有些怀念。

“哎呀，今天有点冷清啊。”

老可爱爷爷一副很遗憾的样子。好像是因为我们分开后，他问了好几个游客需不需要向导，但都被拒绝了。

“汉娜！”

不会察言观色的军事宅爷爷很亲密地叫着汉娜。

“¿Qué tal?”（你好吗？）

“¡Muy bien!, ¡Gracias!……¿Hablas español?”（我很好！谢谢！……你会说西班牙语吗？）

“un poco.”（会一点点。）

他们用西班牙语交流着，老爷爷挠着白头发害羞地笑了。真是的，到最后这位爷爷还是不懂得察言观色。他可能以为自己说什么西班牙人都不懂吧？汉娜或许以为他说了什么污言秽语，于是眯起了那清澈的绿色眼睛。我拉住伊丹爷爷那皮包骨的胳膊，悄悄对他说：“那位爷爷果然不懂察言观色啊。居然对汉娜说什么‘大便’之类的。”**（注：西班牙语中“un poco”与日语中“大便”——“unko”的发音相似。）**

“哈哈哈。”

伊丹爷爷张开嘴大笑起来，露出满嘴的假牙。

“东，‘un poco’可是地道的西班牙语噢。意思相当于英语的‘a little’。”

“欸，这样吗？”

没想到最后还出了这么个洋相。而且，居然连那个问题爷爷都会说西班牙语。虽然很不甘心，但我今天确实是被彻底打败了。

“对了，东，日本人常说的‘那个’这个词，最好不要对西班牙人说噢。还有‘加贺真理子’这个词也不要说。”**（注：日语中的“那个”音为“Ano”，与西班牙语中“肛门：Ano”的发音相似。而“加贺真理子”的日语发音为“KAGA MARIKO”，其中“KAGA”与西班牙语的“狗粪：caga”发音相似，“MARIKO”的发音则与西班牙语的“傻瓜：Maricón”发音相似 。）**

“为什么呢？”

“哈哈哈，这是个秘密。”

最后，我们按照汉娜的提议拍了张合影。这座很上镜的城堡，也在最后发挥了作用。

＊ 3 ＊

送走汉娜之后，爷爷们打算去补充糖分，我也继续与他们同行。负责发放袖章的老可爱爷爷归还完袖章之后会自行前往，于是我与剩下的两位爷爷一同乘坐接驳车，来到车站附近的古老咖啡馆。店里此时已经坐了一对老夫妻，老板独自站在柜台里面，他们看起来都年逾花甲。像这样扎在老人堆里，自己的寿命会不会被他们吸走呢？我开始担心起来。

老板看起来与雪茄很是般配，他招呼我们在身边的沙发上坐了下来。

“今天辛苦你了。感觉怎么样？”

“比我想象中要辛苦。大家居然在义务干这些……我很敬佩你们。”

“哈哈哈。这话听得舒服。”

伊丹爷爷盯着端上来的雪顶可乐，幸福地眯起眼睛。他要是就这样开始神游天际的话，可就麻烦了。我得继续跟他聊天。

“您是在哪里学的英语和西班牙语？”

“过去有很长一段时间，我都在做贸易相关的工作。有很多机会可以接触到英语、汉语、法语、德语、意大利语，因此不知不觉就会说了。不过西班牙语是最近才学会的。”

“您真是超人呀。”

“哪里哪里，可能我比较喜欢学习新知识吧。”

“上了年纪以后，记忆力不会减退吗？”

“但上了年纪以后，与之相对的自由时间也多了呀。”

伊丹爷爷用长长的银勺将冰激凌缓缓送入口中。

学习，是为了将来的自己——我曾这么认为。但伊丹爷爷的生活态度让我明白，那并不是学习的全部意义。

“下次你应该就可以自己搞定了吧？”

“可、可以。”

我还是早点锻炼一下比较好。在近期录制的翁琉城特辑中，伊丹爷爷无疑会成为我的对手。会六国语言的老者，真是十足的劲敌。

“您刚才用的那个文件，可以给我一份吗？”

“那是我为了方便做事自己做的，不能给你。不过我可以给你一本手册，你就用那个吧。大家都在自己想办法努力干，你也发挥自己的个性加油干吧。”

“我明白了，谢谢您。”

“还有什么不懂或者想问的吗？”

我应该在这里问吗？上次真司在咖啡店的提议今天一直在我脑海中盘旋——

“什么？什么建议？”

“我能不能去参加义工活动？”

“可这是东西南北的计划。”

“我知道啊。可是，或许只有我才能帮助到你们东西南北。”

我深吸一口气，向伊丹爷爷和盘托出。

“那个！”

“什么？”

“我是不会输的。我一定会努力当个好向导，绝不会输给您。”

伊丹爷爷将已经与冰激凌融为一体的可乐一饮而尽。发出很大的吱吱声后，他松开吸管，盯着只剩下冰块的杯子良久。虽然他的恒齿不是很多，但味觉似乎还是与年轻人一样。当杯垫上大约滴了三滴水时，伊丹爷爷抬起头。

“……年轻人果然还是霸气啊。加油噢。”

伊丹爷爷从包里拿出厚厚的资料，放在我面前。一份是介绍翁琉城的纸质资料，另一份是公益社团法人日本观光振兴协会发行的义工向导手册。这么重的礼物要带回去肯定很累，不过把它们带过来的人也同样辛苦。没办法，我只好将它们塞进自己的背包。

还完袖章的老可爱爷爷稍后也来到店里，伊丹爷爷点了第二杯雪顶可乐。军事宅爷爷总是见缝插针地聊起陆海军的话题，然而直到最后都没有人听。于是，他用桌子上的纸巾抠起了鼻子。

“我们差不多该走了吧？”

我们分开买单，结完账后依次走出店里。我与三位精神焕发的爷爷告别。下一次活动好像是在下周六。

“喂？下周六，请你出马。嗯，是的。今天做完义工之后，我发现你或许真的能帮到我们。对了，你有便携式打印机吗？”

* 4 *

我将手机暂时从耳边拿开，确认信号状况，好像并没有问题。与伊丹爷爷的通话似乎需要超强的听力。

“东，我希望你务必来一趟。下周四或者周五，你有空吗？”

他说话夹杂着假牙发出的杂音，说的应该是这么回事吧。他为什么找我？理由我当然能想到，不过，我以为时间会稍微再晚一点。

华鸟每周五都要去做家教，抽不开身。这样一来，还是周四比较方便，可这周我要去马场之家给小家伙教英语。实在不行的话，我这周不去马场之家就可以了吧。现在是考试周，久留美没有社团活动，而美嘉都是逢喊必到，她们两个应该比较好约吧。

“周四下午放学后过去。大概四点多能到。”

当天召集的伊丹全明星一共七人。除了伊丹本人、老可爱爷爷、我，还有久留美、华鸟、美嘉、真司。这几周我以“我无法像伊丹爷爷那样将向导工作做得那么好”为借口，寻思着如何说服她们加入向导队伍。我找他们帮忙，虽然那种感觉就像要不停旋转才能将螺丝钉慢慢拧进去一般，但这四位高中生最终都非常愉快地加入了老年义工团队。不过，那位不懂察言观色的自来熟老爷爷没有来。

“大家好，非常感谢各位今天的到来。实际上，前几天电视台联系了事务局，说是想在城堡里录节目。所以今天从东京来了一位……应该是电视台的工作人员吧。她好像有一些问题想问问我们。说实话我也不是很清楚，所以就拜托大家了。”

“没听说今天有采访啊。”

久留美看着我噘起了嘴。

“不，我也不知道。”

或许伊丹爷爷在电话里跟我说了，但我没听清。所以，应该是他没说清楚——将责任完美推给伊丹爷爷，我的心情再次轻松起来。

久留美对采访的抗拒在我的意料之中。其实我更担心另外两位，但最后看来好像都是我杞人忧天。听说有采访，华鸟和美嘉都抑制不住自己的笑容。

即将登场的会是一位将毛衣系在肩膀上，戴着有色眼镜的大叔吗？全明星队员们在翁琉城前列队欢迎，然而，出现的这个人与我想象中没有一点相符之处。

“不好意思，我来晚了。我是制作公司ELMIX的客户总监（AD），我叫古贺。今天还请大家多多关照！”

这位大约二十岁的女性向我们深深鞠了一躬，背包都快滑到前面来了。她说话的语气充满了活力，但那抑扬顿挫的语调多少有些不自然。

“古贺小姐，跑来这么偏僻的地方，真是辛苦你了。”

“哪里哪里！”

“没想到你这么年轻啊。”

面对老可爱爷爷的赞美，古贺AD回道：“别看我这样，实际上已经二十四了。”

二十多岁应该正是爱打扮的年纪，可她却连妆都没有化。单薄的格子衬衫上满是皱褶，颜色花俏的耐克运动鞋也脏兮兮的，就像刚参加完运动会一样。头发倒是染成了金色，但由于疏于补染，头顶部分已被天生的黑发侵蚀。眉毛也被她当成杂毛一样全部刮掉了，因此面相看起来相当凶狠。这个人真的是从东京来的吗？

“长途跋涉的，真是辛苦你了。我们一边喝茶一边慢慢聊吧。”

伊丹爷爷总是笑容满面，很难看出他的情感起伏，今天依然如此。不过，这是我第一次见他戴鸭舌帽，还有那兴奋的声音，可以看得出他今天心情很好。

全明星队员和无眉AD一起向城内的甜品店走去。我们按人头点了抹茶糕点套餐之后，伊丹队长开始把资料摆满桌子。

“居然有这么多！非常感谢您如此细心周到的准备。”

古贺AD拿起其中一本资料，翻看了四五页后又放回原位。

“啊，可是我想要电子版的！过几天再给我也没关系！”

闻言，就连如此温厚的七十七岁老爷爷也露出了一丝愁容，而古贺却毫不在乎地打开电脑。屏幕上已经显示了几个问题。

“那个，接下来我想问你们几个问题！你们平时是怎么做向导的？那就从伊丹先生开始吧。”

“好的好的。这个嘛，其实我觉得实际去看一下是最容易理解的……口头解释的话估计说不清楚。那个，我包里有一直在用的文件，给你——”

伊丹爷爷平时当向导都能滔滔不绝，这种场合的回答自然也不会短。古贺AD敲键盘的悦耳声音，再配上老爷爷无聊的说明，本来应该特别催眠，但这是电视节目的碰头会，因此就另当别论了。

伊丹爷爷的发言结束后，老可爱爷爷做了简单的补充发言。接下来就轮到我了。虽然我有充分的时间进行思考，可一与古贺四目相对我就语塞了。

“那个……”

“听说你们这几位高中生还会提供摄影服务，能具体说说吗？”

她事先都做好功课了吗？我姑且闭上刚刚张开的嘴，朝真司使了个眼色，将问题抛给他。这个问题还是由他来回答比较好。

“好、好的。因、因为翁琉城里有几处很上镜的景点，我们会在那、那里给游客拍纪念照……还、还会拍下他们跟随向导游览时的样子。现、现……如、如今有那种无线的小型打印机，用、用那个的话，回去之前就能将照片打印出来交到游客手上。那个……我本来就很喜欢摄影，这也是一种对拍摄技术的锻炼，所以我觉得非常开心。”

“确实确实。”

古贺频频点头。看来效果很不错嘛。我真该感谢真司这语无伦次的状态。多亏了他，我那奇怪的压力也消失了，接下来的发言就轻松了。

“我、我是负责拍照的，向、向导是她……”

真司指着我，这时甜品店里所有人的目光都集中在我身上。我的肩膀没有动，只是认真地深深吸了一口气。虽然不想承认，但我的手心好像罕见地出汗了。

“我叫东。请多多关照。”

“小东对吧？你好，你会说英语吗？”

“会。我曾经在国外住过一段时间，所以暂且由我来负责英语翻译。不过，我历史特别差，所以向导的内容就得靠大家一起思考。”

古贺依次望向“大家”，也就是她们三个人。

“……大家都好可爱呀。”

久留美轻轻点了点头，华鸟与美嘉则露出了得意的笑容。

“你这人还不错嘛。我叫华鸟。请多多关照。我旁边这个是久留美，她旁边是美嘉。”

“你好。”

心情不错的华鸟突然掌控起全场。

“古贺小姐，你是关西人吧？”

“啊，是的。我一直在控制，可稍不注意就还是会有口音。”

“哎呀，没必要控制啦。”

“真滴吗？”

“真滴呢。或许你以为自己讲的是普通话，但其实从一开始跟我们打招呼的时候，我就觉得你的语调有点不自然。”

“这还真是没办法呢。”

这位傲慢的高中生大小姐无论对谁说话都是一副居高临下的口吻，当然她本人并不自知，这也是美中不足之处。若非足够强大，一般人与她初次见面时应该很难聊到两句以上。我原以为古贺AD无论从语气还是外表来看应该都是位很要强的女性，但现在见她笑着回应华鸟，我又打消了这个想法。

“这位姑娘，你性格贼好。那我接下来就咋舒服咋说了。那啥，有件事我一直很好奇。就是为啥你们的校服都不一样？我还以为你们肯定是同一所学校的同学呢。”

“我们同属于一个义工团体。”

如果要细说，那就说来话长了，像这样简单概括一下实在是太明智了。要详细地说清楚这一年多的经历需要花一些时间，同时也需要技巧。

“噢！原来如此啊，你们就是在那里成为好朋友的吧？”

“是的。”

“对于东的说明，我要补充一下。我们是从东西南北四个方向来到这座翁琉城的。我的名字虽然叫华鸟，但因为我是从南边来的，所以她们都喊我‘南’。”

“什么？这也太厉害了吧？你这介绍贼有意思，好想在哪里介绍一下你们噢。我去跟导演商量一下吧。”

“真的吗？那就拜托啦。”

我拿出所有的诚意双手合十。这时，我瞥了一眼一直很担心的久留美，没想到她正在向古贺AD点头，似乎很赞同我的请求。是她改变主意了吗？还是说她一直隐藏着自己的真实想法，故意装出一副不开心的样子？不过，无论如何，一切对我来说都是很顺利的。

在所有的提问结束之后，古贺AD为大家在甜品店里消费的抹茶和糕点买了单。

“你们东京来的人果然很有钱呀。”

老可爱爷爷半开玩笑地嘀咕着。

走出甜品店，天色比想象中要暗。好像要下雨了，可我今天没带伞。老龄组合说要帮我们还袖章，我们表示了感谢。全明星队就此解散。

“真没想到啊。居然要来翁琉城录节目。那我们是不是也会上电视？要是大家能一起上电视，那好像很有意思呢。”

“我就算了吧。”

“说什么呢！没你可不行。”

我回过头，真司与华鸟正并肩而行。华鸟一句不经意的话令真司默默地回味着喜悦。

“看来大家的关系已经很好了呢。”

走在我右边的久留美也眯起眼看着他们两人。

“是呢。”

有件事我一直放心不下。在采访的过程中，美嘉的样子显然有些奇怪。若是平时，美嘉在华鸟说话的时候，一定会笑着点头，可今天坐在我左边的她却丝毫没有要参与谈话的意思。不仅如此，还一直很明显地盯着地面，好像希望被谁触碰一般。这种感觉，好像以前也……到底是什么让她变成了这样？

“美嘉，发生什么事了吗？”

“……”

我想问出点什么，可她双唇紧闭，看都不看我一眼。

“你看到古贺AD的鞋子了吗？是橙紫绿三种颜色呢。跟毒蘑菇的颜色一样。”

“……”

“哎呀，你到底怎么了嘛？一直不说话……”

“……啊！心里好乱，我可以说下现在的心情吗？”

她突然大叫一声，在场的所有人都察觉到了危险信号。大家好像商量好了一般，不约而同地停下了脚步。

“……什……么？”

“反正我们也不过是普通的义工队友而已，对吧？”

“欸？”

“刚才古贺小姐问的时候，你不就是这么说的吗？说我们是因为义工活动才联系在一起的。”

“不是、不是啦。我只是觉得那样概括更简单嘛。你、你看，我那样一说她理解起来就容易多了。”

“我们本来就是朋友啊。我好希望你能直接告诉她。”

“……”

原来如此。惹她生气的人好像是我。我想跟她解释，但很快便放弃了。对于正在气头上的人来说，还是暂时不要理她比较明智。

“哎呀，算了嘛。东也没有恶意呀。”

华鸟主动打圆场，我也乖乖地点了点头。

美嘉继续默默地朝前走。她以前就这么麻烦吗？我们也接着向前走。但我觉得脚步无比沉重。

我心想三天之后美嘉应该就会消气吧，于是将她的事暂且搁置一边。实际上根本不需要那么久，第二天美嘉就发来一条充满热情的消息向我道歉，并谈及那天采访的事情。

然而，事情没有那么简单。摄影当天，久留美并没有在翁琉城出现。

* 5 *

“妈，开始啦！”

我喊来正在洗东西的母亲。能感觉到她不慌不忙，一边用抹布擦手，一边在我身后的沙发上坐了下来。

“优羽，离电视那么近会把眼睛弄坏的。”

“No problem.”

为了不让母亲察觉到我的紧张，我面对着50英寸的电视回答道。我坐得确实有点太近了，但如果现在要我重新挪位置，我宁愿弄坏眼睛。

“嗨，大家好！这里是‘确实听说过的日本的真实（真的）景点’！”

主持人Up curry下田喊出节目口号后，吊臂摄像机开始移动。随后，演播室里的四位嘉宾出现在画面中。

“可以暂停一下吗？”

“啊，怎么了？才刚开始就有话要说啊。”

“这个节目名称真的没问题吗？既然‘确实’和‘日本’已经押韵了，那‘真实’也按它原本的发音来读不就行了？为什么偏偏只改这个词呢？写作‘真实’却读成‘真的’，这实在是太土了。”

“别说‘土’呀，快向大家道歉！”

Up curry下田难得抖出如此无趣的包袱，但电视里还是不断传出强行添加的罐头笑声。

“事不宜迟，让我们来看一段VTR吧。”

今天，我们要介绍的景点是翁琉城。这片区域被称为城州地区，过去曾兴建过很多城堡。然而，如今只剩下这座翁琉城。这座游客络绎不绝的城堡亦受到当地居民的喜爱——

配合着翁琉城画面的解说结束之后，之前与我们一起录影的主持人出现在画面中。

“那么，我现在就来到了翁琉城。这里有位七十七岁，而且会说六国语言的、超级有名的向导。实际上，他今天也来到了现场，我们赶紧去跟他打个招呼吧。伊丹先生。”

主持人高声呼唤之后，一位头戴鸭舌帽的老爷爷进入画面。伊丹爷爷用西班牙语和汉语进行了自我介绍。

“谢谢您，伊丹先生。”

这位绝技老人如释重负般离开了现场。关于翁琉城他说了很多，不过好像全部被剪掉了。不知是因为他口齿不清，后期字幕无法补全，还是单纯因为他说得太多了。

“听说这座翁琉城里还有其他充满魅力的向导呢。而且他们竟然是……学生！让我们来问问他们吧。有请！”

几张熟悉的面孔，还有那张自我出生以来就一直承蒙关照的面孔在电视画面中出现了。从节目开始就一路飙升的心跳数在此刻达到巅峰。

“大家好！”

四人并排站在主持人旁边，电视屏幕上显示出每个人的名字：华鸟兰子、龟井美嘉、工藤真司、东优羽……我想上电视的愿望终于实现了。

“你们是在放学后或者假日里来这里当义工向导吧？”

“是的。与未曾谋面的朋友交流，真是特别开心的呢。”

华鸟刚说完这句话，画面瞬间切换至演播室。

“哎哟，还‘的呢’！”

拥有模特小娇妻的艺人对着华鸟抖包袱。身后传来了母亲的笑声。

“听说大家做向导时都有明确的分工？”

“是的。我负责沟通交流，会参照这个文件进行英语解说。”

记忆中的我与电视画面中的我重叠在一起。这个在眼前这块大大的液晶屏幕上出现的人确实是我，但似乎又有些不同。平时别人眼中的我就是这样的吗？这可比在镜子中或自拍中看到的我要丑得多。

轮到真司发言时，我发现自己的腿有些发麻——好像已经端坐了很久。

“我、我是……负责拍照的。”

真司那耸着肩膀的样子仿佛在开玩笑一般极不自然。他本来就有很严重的溜肩驼背，可现在肩膀一耸起来，感觉头都要埋进去了。

咔嚓——

我用手机拍下这一幕，并加上一句话发给了真司。

[发现一只贾米拉（**注:《初代奥特曼》和《帕瓦特·奥特曼》中的怪兽**）！]

“谢谢各位同学。”

发完消息时，我们的部分也结束了。接下来开始播放主持人探索翁琉城的视频。我回想起拍摄那天，这位女主持本人比在电视上看起来更苗条、更温柔。

“优羽，你们的部分结束了吗？”

“嗯。”

我护着已经麻木的腿，将屁股从地板挪到沙发上。

“那个喜欢机器人的姑娘呢？你们不是一直都在一起的吗？”

“我们是一直在一起，但那天她没来。时间过了她都没到，电话也打不通，真是急死人了。后来听说是前一天将手机弄丢了。”

“啊，真让人担心啊。”

“嗯。我好担心她没办法接受采访，还让大家去找她了呢。”

“……是因为那个吗？”

“什么那个？”

“啊，我得去接着洗东西了。”

翁琉城的VTR结束之后，画面再次回到演播室，一位语速快到令人绝望的艺人宣布伊丹爷爷获得压倒性的胜利。演播室里洋溢着和谐友好的气氛。节目尾声时，一位来宣传自己节目的演员表扬了我们几个高中生。在久留美缺席的状态下能获得这样的成绩已经是万万岁了。

节目播出后的第二天，虽然是狂风暴雨，但我的心情却难得的兴奋不已。我将毛巾与直板夹藏在了书包里。而且，那天我故意推迟了上学的时间。

“昨天我看了噢！”

“你英语说得那么流利，简直酷毙了！”

一走进教室，等候已久的同学们便围了上来。走在走廊里，陌生的同学也会跟我打招呼，排队买东西时，学妹还找我合影。

节目播出后的第三天，我提早起床，花了比平时多两倍的时间来化妆和弄头发。上学、放学的路上也总是将眼睛瞪得大大的，确保自己随时都有好的状态。

距离节目播出已经五天过去了，我才注意到一件事——

“哎呀，这不是东家的小优羽吗？放学了？”

“是的。你好。”

“之前我在电视上看到你了噢。真了不起呀！一边上学还一边做义工。”

“谢谢。”

“怎么了？你的脸色怎么这么难看？”

“不，没什么。再见。”

真是够了，注意到那件事的难道只有这些小区里的老人吗？节目播出已经一周了，可我的生活还是没有任何改变，实在令人气愤。

我一直在等待着状况发生变化。尽管从我想改变之日起，就已做出了许多改变。可无论我等多久，那一天怕是都不会到来了。

登上收视率为8%的节目，就算有八百万人在电视上见过我，可等这八百万人都忘记之后，便什么也不会留下了。在乡下聚集起来的我们，也只不过在乡下小有名气罢了。

在我注意到这件事的那一天晚上，我认真思考了如何才能实现梦想。

没想到我会被选上。我只是偶然报了名，没想到就选上了。可如果当初没有参加海选，也就没有今天的我。

我所仰慕的、那位拥有一头靓丽黑发的人，在接受采访时这么说过。同样生而为人，可我们生存的世界却大相径庭。她一定对自己现在的处境十分满意吧？所以才会断言自己在分岔路口所做的选择是正确的——毕竟她说话时的表情是那么的自信。

而我——到底哪里出错了呢？

节目播出之后，我便再没去过翁琉城。伊丹爷爷打来的电话我也全当没看见。可那不断响起的来电铃声却令我越来越心烦。我只好极不情愿地按下接听键。

“……喂……喂。”

“啊，东。你终于接电话了。最近很忙吗？”

“我想多花点时间在学习上。”

我躺在床上，欺骗着老人。

“这样啊……其实是有个人想见你。最近有空见一面吗？”

我已经不想再当义工了。我又不是那种做好事不求回报的老好人。

“有时间的话我就过去。等哪天有空了我再联系您。”

反正就是向我介绍新来的义工而已吧。说是新来的，其实也都是老人。

那天晚上，我将伊丹爷爷从通讯录中删除了。

东西南北四个人聚在一起的频率也越来越少。但每周还是会在美食城聚一次，闲扯些无聊的话题。虽然久留美那天没参加录影，但我们也没有因此产生隔阂。我虽然很想责备她，但又找不到责备她之后还能继续维持我们之间关系的方法。

今天这无聊的学校生活也结束了。我斜着眼睛看那些正在匆忙穿鞋的棒球部部员们，如往常一样向厕所走去。放学后的厕所空无一人，很方便化妆。先用打火机烫一下睫毛夹，再借助热力将睫毛卷翘至极限。

我穿上平底鞋走出厕所，在能看到校门时突然停下了脚步。此时此刻，站在那儿的人我认识。可是，她为什么——

“啊，小东！很高兴见到你。”

“古贺小姐！你怎么会在这里？”

“我今天放假啊。”

“放假……”

今天的她比上次见面时要漂亮得多。眉毛画过了，还认真抹了隔离霜，所以皮肤看起来并不油腻。那一头亮色的头发也从根部开始补染了。

“所以，我想来见见大家。我这个入职三年，正处在悬崖边缘的AD有事相求。”

古贺AD低下头，背包也顺势滑向前面。我急忙帮她扶起背包，古贺AD不好意思地笑了。

Ch.8

救世主

——毒蘑菇AD——

＊ 1 ＊

“骗人的吧？这种好事……”

惊喜突然从天而降，我一激动咬到了舌头。在感觉到疼痛的同时，也确实尝到了一股铁锈的味道。我听清了古贺跟我说的事情，可大脑由于过分激动，已无法理解和整理她所说的话。随着时间的流逝，我慢慢理清了状况，顿时觉得有什么东西从心脏附近喷涌而上。对于有些人来说，那种东西可能会化为热泪，而我却用逐渐明亮的眼神仰望着天空。今后，无论收到多么奢华的生日祝福，或是多么深情的求婚，应该都无法超越此刻的感动吧。

“古贺小姐，这件事就包在我身上了。”

我带着古贺赶往美食城。她们三人已经惬意地坐在往常的沙发上。

“不好意思，我来晚了。”

“欸，你不是上次那位——”

华鸟最先注意到今天的变化，她站了起来，依旧是那副夸张的惊讶表情——受到冲击后眼鼻口同时张大。除此之外，她似乎没有别的表情了。

“你怎么会来这里？”

“古贺小姐，请你跟大家说明一下吧。”

古贺超大声地说了句“好的”。今天美食城里人很少，好远都能听见她的大嗓门，美食城里美仕唐纳滋的店员们都满脸疑惑地望着我们。

“那个，其实我……除了之前那档采访节目，手里还有另一档节目。”

古贺负责的另一档节目，大家应该都听说过，是一档在每周五深夜播出的综艺节目。开播已经五年了，但从今年开始，他们好像在为如何提高收视率而苦恼。所以，在上周的会议上，他们商量着要彻底改变节目的构成。

“我想请你们上那档节目。”

“我们？”

“就在我快要放弃的时候，我在翁琉城里见到了你们。后来在企划会议上，我告诉他们自己找到了几个有趣的孩子。于是制作人说‘那你试试吧’，于是让我负责了节目制作，这还是头一回……这是我的第一个机会，拜托大家了。”

古贺说与她同期的同事们一个个都从AD晋升为导演了，上个月，前辈还像痛打落水狗一般挖苦她说“你果然不适合制作节目啊”。

古贺AD也在为实现梦想而苦苦挣扎、焦急万分。

“嗯……”

久留美鼓着腮帮子，若有所思。

“可我还得上学呢。”

“你们学校不允许参加演艺活动吗？”

“我也不知道。因为还没有先例。”

我们学校也同样没有先例。久留美所上的西工业高专既没有校服，也不限制染发和打耳洞这些事情，校规应该比东高宽松才对。而且，我们学校只有长假期间才允许打工，高专则没有特别的要求。若连西工业都禁止的话，那美嘉上的升学预备校和华鸟上的大小姐学校就更不可能了吧。不过，我之前上电视的时候，班主任和指导学生的年级主任都没有来找我麻烦。难道是因为那次是以义工活动的名义露脸的？无论出于什么理由，总之，东高的学生手册上并没有明令禁止学生参加演艺活动。

久留美估计是想以学校为借口逃避上节目。就像上次不来参加翁琉城的采访时一样。不过，这次可不能让她那么轻易地逃掉。

“拜托啦。录影会迁就大家的时间。当然，我也会去跟各位的父母说明情况。‘东西南北’这个看点必不可少，所以拜托大家啦。”

这不知是古贺今天第多少次鞠躬了。若是再多见几次她头顶上的发旋，估计大家就会同意了吧。

久留美依旧是一脸愁容，其他两位似乎也不想轻易表态。这期间，古贺就一直低头鞠着躬，看来我必须带头说点什么了。

“我说各位，难得古贺小姐特意跑过来，我们就帮帮她呗。”

“……我同意。”

手肘撑着桌子的美嘉缓缓举起手。

“古贺小姐，我能理解你的心情。所以，我这张脸你就拿去用吧。”

古贺小姐被华鸟扶起，但表情依旧未见轻松。

“我们需要做些什么呢？可以具体说说吗？”

“好的。那我就说说我现在的想法——”

那个节目每周播出一次，时长三十分钟。古贺邀请我们参加的是其中的一个小环节。

在东京，好像每周都会举办一个什么“节”。固定举办的户外音乐节是夏季的风景诗，还有一些不受季节影响的美食类节日，如“肉节”“特辣节”，听说最近甚至还出现了“占卜节”。

现在古贺正在思考的企划就是让我们这些高中生去参加各种各样的节，然后对那些摊贩或是客人进行随机采访。古贺说如果请当红艺人去采访的话，有可能被包围从而引起骚乱，若是请那些过气的艺人，又很可能被拒绝采访。所以，由我们这些普通女高中生来完成这个环节就再合适不过了。

“还有，就是我觉得今后有必要一直做下去，当然这个会跟大家商量着来。”

“只是问问话的话感觉应该挺有意思呢。不过我们学校也有各种规定。”

“确实感觉挺有意思的。嗯，我也知道你们无法立刻答复我，那这周内联系我可以吗？这是我的联系方式。”

古贺拿出四张名片放在桌子上，随后起身。

“实在不好意思，占用了大家宝贵的放学时间。期待与各位再次见面。”

“欸，那不是大河久留美吗？”

“她旁边是TENERITAS的华鸟呢。”

“太好了！你快去找她们搭话呀。”

“不，不可能啦。她才不会理我们呢。感觉她性格特别差。”

“小南，别理他们。”

“哎呀，他这么说我，我可忍不了。”

“那种人你别理他就行了。”

“……”

“哎，小南，你是怎么想的？”

“刚才说的，上节目那件事吗？”

“嗯。”

“我很感兴趣呢。”

“你不是还要考试吗？”

“是啊，周围的人应该都会这么说。久留美呢？”

“真是伤脑筋啊。现在对于我来说，什么才是最重要的呢？”

“那种事谁知道呀，我也不知道啦。”

“……”

“没关系，肯定没问题的啦。总之我们先试试看吧。”

＊ 2 ＊

“啊，喂？古贺小姐，大家都同意啦！”

节目每周录制一次，时间一定安排在周六日或节假日。学校那边也不用担心。加上交通费，每次有五千日元的补贴。而且，若是不想干了，随时都可以商量退出。我以此为条件，获得了她们三个人的同意。

节目播出后，顺顺利利地度过了一个月。古贺告诉我们说，我们那个试播出的环节已经常规化了。华鸟鲜明的个性、久留美破坏力超群的笑容，还有美嘉那万人迷的美貌，已经让“东西南北”俘获了一小部分受众。因此，我那一度迷失的梦想之路也再次变得清晰起来。

“不好意思，古贺小姐。可以借一步说话吗？”

“怎么了，小东？你的表情怎么那么恐怖？”

像往常一样拍完外景之后，我叫住了古贺。我让她们三个先去收拾东西，而我则将古贺带到一个没什么人的地方。

“什么事？”

“那个，我们不需要加入什么事务所之类的吗？”

“啊，现在还没那个必要。放心吧。”

“不，我的意思是，我想加入事务所。”

“噢——”

古贺一边摸着下巴一边思考着。她已不再是古贺AD了。在我们这个关于节目的企划大获成功之后，她便从AD晋升为导演了。因此，整个人也变得比以前更加可靠。

“我回去帮你打听一下。”

“谢谢！”

第二天古贺打来了电话。录影的日程会用邮件通知，所以我马上意识到这通电话是关于昨天商量的那件事。

“啊，小东？关于你昨天说的事务所的事，我认识一家，可以介绍你过去。”

“真的吗？”

事务所的名字叫MARUSAKUTO。我没有听说过，不过看了看主页，发现有一位知名女演员也是这家事务所的。

“我已经跟他们简单说明了情况，但事务所那边说想跟你实际见面聊聊。你什么时候能来东京一趟？”

“如果方便的话，我想在下次录影结束后过去。”

“OK。那就是下一个周日吧。我会通知他们的。”

“拜托了。”

挂断电话后，我坐到桌前。距离周日还有六天。我从抽屉里拿出活页本和笔。

我跟其他三个人说我要先去买点东西再回去，便独自来到古贺介绍的事务所。

“我是约好六点来面试的……”前台小姐姐那长长的假睫毛已经开始脱落，我把预约告诉她之后，她便将我带进了里面的房间。这个房间有一整面玻璃墙，还摆着一张厚实的红沙发，实在令人难以平静下来。原以为面试场所会像会议室一样正式，现在看来必须立刻重新准备面试内容了，然而为时已晚。

一位披着灰色夹克的男性推开门。

“久等了，东。”

这位男性肌肤黝黑，还大胆地露出了洁白的牙齿。只见他快速走进房间，并“扑通”一下坐在沙发上。

“来，请坐吧。”

“啊，好的。”

“我是MARUSAKUTO的远藤。我听古贺说了，你们的节目我也看了。我非常期待你们的加入。不过，能先告诉我，你是一个什么样的人吗？”

首先是自我介绍。他健壮的体格给我带来一股莫名的压力。可要是在这种时候紧张的话，那之前克服的重重困难便失去了意义。我将僵硬的身体从意识中抽离出来。

“好的。我在小学四年级到初二这段时间在加拿大生活，所以会说英语。我对男生没什么兴趣，所以至今也没交过男朋友。我在自学舞蹈和唱歌。由于担心将来网上有信息残留，所以没有注册过任何社交网站。我想成为偶像。请多多关照。”

“……”

事务所的这位灰色夹克男一脸严肃地僵坐在那里。是我说了什么奇怪的话吗？

“……你想当偶像？”

“是的。这是我一直以来的梦想。”

“……原来如此啊。”

“那个！现在那几个和我一起录节目的女孩子，我想跟她们一起组成偶像组合！这是资料。”

我将她们三个人的资料递给这位男性。

“欸，这是什么？你做的吗？”

“是的！”

南*华鸟兰子。家境殷实，外表、谈吐、学校全都是大小姐风格。家里甚至还有泳池。长相娇艳，但也能感觉到一点古典美，就像是现实版的《网球甜心》里的蝴蝶夫人。现实生活中也的确加入了网球部，但在成为正式选手之前就退出了。那居高临下的语气可能会令人不舒服，但她并没有恶意，所以感觉还是挺可爱的。

西*大河久留美。一个原本在当地就很有名的女孩子。长相可爱，还擅长编程。在机器人大赛中获得全国第二，简直就是高专里的女主角。她的粉丝遍布全国。身高一百五十厘米，十分娇小。总是穿着宽大的衣服。

北*龟井美嘉。发型和美甲都时刻保持着漂亮的状态，对于美容从不疏忽。出众的长相易令人误会她性格刚强，实际上是个特别温柔的姑娘。而且还一直坚持做义工。

“欸……挺厉害的嘛。”

“谢谢。大家的个性都很有特色。”

“你是最有个性的吧？我干这行二十年了，还是第一次见到像你这样的女孩子。她们也都想当偶像吗？”

远藤笑了起来，仿佛在故意显摆他那洁白的种植牙。

“还有女孩子不想成为偶像的吗？”

“有很多吧。”

“我觉得她们只是不说而已，但在内心深处的某个地方应该都怀有这个梦想吧。”

“很遗憾，其实并没有那么美好。而且，有很多人仅仅是听到偶像这个词都会觉得反感。”

"……"

"抱歉。你可别以为这是我的意思啊。"

"……"

"我的座右铭呢，是勇往直前。你是一个很直率的人。既然好不容易搞到了一个环节，那就再去找找看有什么能与节目联动起来的吧。我会跟古贺说的，今天你就先回去吧。"

这话本应令人开心，可为何听起来却那么冷漠呢？直到最后，远藤都龇着他那奇怪的大白牙。从假牙中蹦出的话语，想必也不是真话。说什么偶像的世界并不美好，我还是无法相信。

* 3 *

"哎呀，欢迎光临。"

"谢谢。"

数月未见的老板，以及这家没什么客人的咖啡店，一切都是老样子，我也放下心来。上一次来这里应该还是去翁琉城做义工之前。

"久等了。"

"好久不见。"

我向已在等候的他简单地道歉。距离上一次与真司见面已有数月，不过这期间我们一直保持着频繁的联系，所以感觉好像不久前才见过一样。

“什么好久不见，有那么久吗？”

“因为之前我们都是一周见好几次嘛。”

“别说这么奇怪的话。”

“抱歉。”

若不好好警告他，会让旁边的老板误会的。我明明很认真地在提醒他，可真司却笑嘻嘻的。

“你可真厉害呀。之前还在当英语义工，现在却成了电视上的常客了。巧妙地将翁琉城当成了一个垫脚石。”

“我无法否认，但别说什么垫脚石。”

“其他义工好像有点寂寞呢。啊，不过大家都希望你能勇往直前。我代表老年军团向你转告这些。”

“真司你要是不想干了，也别勉强。”

“本来就是我自己提出要去当义工的呀。既能享受被人喜爱的感觉，又能磨炼自己的摄影技术。这对我来说是个很棒的环境呢。”

“很棒的环境吗？真羡慕你啊。我昨天去事务所面试了。”

“你确实说过想加入事务所。”

“嗯。”

“结果怎么样？”

“我感觉应该没问题。”

“是吗？那真是太好了，东。”

我在电话里将一切都告诉了真司。比如翁琉城的反响比我预想中要差，我删了伊丹爷爷的电话号码，古贺去学校找我，都一一告诉了他。

“你现在的心情如何？”

“怎么说呢……感觉终于走到了这一步吧。但我还不敢放下心来。总担心我的梦想真的实现了吗？不过，喜悦的心情是担心的几十倍。”

我将未向任何人表露的喜悦告诉了真司，压抑已久的情感一下子全都释放出来了。

“是啊。”

一向都只会皮笑肉不笑的真司，今天居然罕见地微笑起来。

“对了，你今天约我来咖啡店干什么？”

“也没什么特别的理由。只是想跟你好好聊聊。”

“什么？”

“像这样跟你单独见面的机会，以后怕是没有了吧。”

“……”

我呆呆地凝视着手边的苹果汁，开始思考这个问题。若事情像这样顺利进展下去的话，确实就不能这样单独见面了。不知不觉中，在咖啡店举行的秘密会议也没了必要。笨拙的我，此时此刻竟找不到合适的话语。

“能最后一次与你约会真是太好了。”

“啊？约会？”

"嗯。因为今天并不是来开作战会议的对吧？只是单纯的见见面而已。"

"……"

真司说的没错。我们现在所做的事就是约会。就算我们自己不这么认为，可在别人看来，这就是约会。

沉默越久，越难开口。"你可别装出一副是我男朋友的样子""别得意忘形啊""我可从来不觉得我们这是在约会"，脑海中浮现的话语一个接一个消失。最后，我便什么也不想说了。

"啊，对了。你认识一个念高二，叫清水的人吗？"

虽然我并不是特别在意这件事，但用这个话题来打破沉默是再合适不过了。纵然时间有些久远，但那件事给我留下了深刻的印象，所以现在依然记忆犹新。

"认识啊。怎么了？"

"上次工业祭的时候，他去找过久留美，让她去看乐队表演。"

"哇，不会吧？"

"看你这反应，他是个危险人物吗？"

"清水连玩游戏时都会给角色取名'小久留美'，确实是个危险的家伙。"

"咦。"

"最后久留美去看清水的乐队演出了吗？"

"没有，后来发生了很多事，所以最后只有我去了。"

“你居然去了？为什么？”

看着大笑的真司，我也放下心来。真司笑起来很安静，既不会拍手也不会发出奇怪的声音。虽然鼻子下面和嘴角有些耷拉，但举止一直都很有风度。

“你今后应该不会再去工业祭了吧？”

“为什么呀，我还是会去的。”

“不可能啦。你都是上过电视的艺人了。更何况将来还会成为偶像吧？在这个穷乡僻壤，你们四个已经是名人了，那就没办法自由活动啦。”

“会被限制到这种程度吗？不过，那也是我所期待的，所以我不会难过。”

“那么，不能再与我见面呢？”

“那是有点难过。”

“能听你这么说，我今天就没白约你出来。”

真司盯着咖啡露出一脸苦笑。

“我能最后问你一个问题吗？”

“什么？”

“你为什么不去参加选秀呢？那样应该更容易成为偶像。”

“这个嘛……我也不知道。”

那一天，老板没有收我们的钱，而是请我给他签名。他从厨房里拿出一张彩纸，我用双头记号笔较粗的那一头签上了自己的名字。虽然字写得很丑，倒也十分可爱。毕竟这是我第一次签名。

“那么再见了。”

“嗯，再会。”

目送真司那瘦弱的背影消失之后，我朝着与他相反的方向走去。那个有着那样背影的人，那个驼着背、穿着土气的人，对于我来说竟是如此可靠的存在……任谁也无法想象吧。

为什么不去参加选秀呢——他离开之后，这句话依然在我脑海中回荡。

“其实我全都落选了，这么丢人的事我才不会告诉他呢。”

Ch.9

方位自身

＊ 1 ＊

这一天是我们第一次在演播室里录节目。

说到电视台，我脑海里首先浮现的是一个顶着球体的建筑物。我从小就憧憬着能走进那颗球内，可当我走进古贺AD指定的地点时，却受到了轻微的打击。这是一栋有些年头的、朴素的古老建筑。虽然占地面积挺大，但隔壁的商厦显然要漂亮得多。

被保安那犀利的目光盯了五分钟之后，亲爱的古贺终于出现了。处于工作模式的她自然没有画眉。我们赶首班电车，坐了两个小时的路程，千里迢迢来到东京，但古贺也没有特别慰劳我们，只是领着我们这些纯洁的女高中生往里走。

“古贺小姐，接下来我们要做什么？”

“现在还不能说噢。好啦，到演播室了。这是我们待会要录影的D演播室。”

古贺在一扇看起来很沉重的门前停住了脚步。

“大家别僵在这儿了，快进去吧。要大声说‘请多多关照’噢。我也会跟你们一起进去的。”

“……”

“哎呀，别不说话光傻站着呀。预备……”

我用颤抖的手推开门，等待着我们的是好多台摄像机。最大的那台摄像机前站着一位眼熟的男性。看那体格，还穿着灰色夹克，他就是MARUSAKUTO的远藤。

“来啊，请过来这边。”

远藤招呼我们过去。这期间摄像机也一直在拍着我们。

“今天突然找大家过来，是有几句话想对你们说。”

除我之外的三个人都僵硬地站着，我都怀疑她们的心脏是不是停止了跳动。

四个人中，只有我知道远藤的真实身份，也只有我知道接下来可能会发生什么事。

“‘东西南北’的企划很受欢迎，所以决定由你们来演唱这个节目的结束曲《方位自身》。”

已经准备就绪的手持摄像机依次靠近我们每个人的脸。我一边注意着拍摄角度，一边装出一副很惊讶的样子。

“事不宜迟，我们得马上开始学习歌曲和舞蹈。还有就是，关于加入事务所的说明和要填写的资料，需要交给你们的监护人……”

那天的拍摄在下一周的节目中播出。数月前，那个由素人女高中生参加的随机采访的企划，成为她们偶像之路上的成长史。

“这样下去，我们是不是就逐渐被带入另一个世界了？”

“久留美好想立刻逃离那个世界啊。”

“我明白你们不安的心情，可我们之前都找到办法克服了。今后只要我们顺势而为，也一定会有办法的。”

“小南，你不担心吗？要告别普通的高中生活了噢。”

“我不担心，我本来就不讨厌被人关注。而且，跟大家在一起，每天都很开心啊。”

“这样啊……也是噢……”

“……久留美，你哭了吗？”

* 2 *

签了事务所之后，不仅仅是演唱节目的结束曲，还有其他的工作。那一天，得知会登上自己每个月都买的偶像杂志的其中一页，我开心得不得了，回家都是跳着上楼的。

我同时还开了博客。我第一次意识到从没玩过SNS的自己根本不知道要怎么吸引别人。

久留美在博客上发的照片有九成都是自己制作的机器人，剩下一成是她自己的照片。她凭借那极具破坏力的笑容和特殊的机器人爱好，评论数遥遥领先。她在最新的博客里介绍了怎样用兔子发圈扎头发，还配上了照片，评论数高达一千条之多。

华鸟的每条博客均以“贵安”开头，还会回答很多别人的提问。没想到这位大小姐居然如此勤快，她还哼着鼻子得意地告诉我，她就是用今年过年时买的那台新电脑操作的。

博客评论数由高至低分别是久留美、华鸟、美嘉，而我则是最少的那一个。我明明对偶像事业这么有热情，却不会巧妙地发博客吸引粉丝，我对此感到很懊恼。

在这个信息化社会中，我们的过去很快就被查了出来。四个人都当过义工，久留美曾参加过机器人大赛。之前所有的安排都没有白费——即便我坚信如此。

可意料之外的事情还是发生了。

当时我们正在上课。经纪人单独叫走了美嘉，好几个小时过去了，她依然没有回来。

“美嘉怎么了？”

课程结束后我们继续留在教室里等她。又过了几个小时，美嘉肿着眼睛回来了。

“发生什么事了？”

“照片……和我男朋友的，对不起……”

我立刻明白了。

“完了。”

我当场在网上搜索美嘉的名字，那张问题照片立刻跳了出来。

那是一张照片截图，照片中两个人戴着对戒，还添加了三周年纪念日的文字说明。对方也是“微笑小孩”的一员。照片应该是从他的推特里泄露出来的。令我震惊的是，那是上周才发的照片。也就是说，他们两个还在交往。

那我在书店遇见她时，她为什么会读那本《活在无爱世界的年轻人们》呢？仅凭这一点便断定她没有男朋友，我竟然在这最后关头掉以轻心了。好不容易让大家挖出她当义工的过去，可若这件事也被同时曝光的话，那一切都将化为泡影。

最后美嘉没有受到任何处分，继续从事着演艺活动。但我们有很长一段时间没见她笑过了，却也找不到合适的话语去安慰她。我明白东西南北聚集在一起的意义，所以也无法劝她放弃。

下一周的节目结束时，我们要用现场直播的形式表演《方位自身》。一个月的练习成果终于得以发挥。

“注意，这个是东的。其他人来这里拿话筒。”

彩排开始前，工作人员给除我之外的三个人发了假话筒。总之就是让她们假唱。

“为什么只有我一个人真唱？”

"因为播放频率的问题。"

"向观众展示动听的歌声、迷人的舞蹈，这才是偶像，不是吗？"

我这句话刚说出口，后台的气氛一下子就变了。那些大人们全都摆出一脸嫌弃的表情。

"可、可是我也不擅长唱歌，这样正好呀。"

"南，你要是觉得自己不擅长的话，好好练不就得了？"

华鸟漫不经心地笑着，工作人员们也一言不发，我对他们很是生气。为什么拼命努力的总是只有我一个人，而他们却摆出一副事不关己的样子呢？

"乘着青春的门票——在东西南北盘旋——♪"

歌曲录制完毕，看着经纪人用手机拍摄的监视器画面，只有我跑调得特别厉害。这样看来，我倒成了最不会唱歌的那个。大家的话筒都不出声，反而可以轻松保持美丽的笑容，如此一来，似乎只有我一个人吃亏了——

"南，你现在快乐吗？"

"……不久前还挺快乐的呢。"

"之前，你跟我说的那些话，我果然还是无法认同。"

"……"

"只要我们顺势而为，总会有办法的——你当时是这么说的。可是南，我感觉自己快变了。"

“久留美……”

“美嘉已经不会再笑了。都是因为那些陌生人的语言暴力。但对于艺人来说，这都是家常便饭吧？”

“……”

“这也太奇怪了吧？为了钱？还是为了名誉？为什么大家都想出名呢？”

“或许是希望大众能接受自己吧。”

“搞不懂。我不管别人怎么看。我只想随性地生活，那样就足够了。”

“可是久留美，这也是一次机遇呀。我们不同的命运交织在一起，相聚于此。这种经历，或许这一生都不会再有了吧。”

“把这看成机遇，然后就这样随波逐流吗？那样只不过是赌博而已呀。”

“要是赌赢了，梦想一定很快就能实现。”

“南的梦想是什么？”

“……”

“这样下去，你的梦想真的就能实现吗？”

“……我也不知道……不过……”

“求求你别再劝我了。在我变得奇怪之前……放过我吧。”

“不要啊——”

在事务所的会议室里开碰头会时，突然听到一声大叫。透过会议室的玻璃墙可以清楚地看到外面，很快便得知久留美正在那儿哭喊着。见到她那副不寻常的样子，在场的大人们以及正在开碰头会的我们都停下了手里的工作。今天应该是久留美第一次单独参加活动……到底发生了什么？

“啊啊啊——”

经纪人半拖半拽着将她带进了里面的房间。碰头会暂时中断，但大人们命令我们不要走出会议室。

寂静的空间里，隐约能听到久留美的声音。

“烦死了、烦死了、烦死了。我真的不知道。我已经不是我了。一站到镜头前我就不认识自己了。小学理科的问题我都答不上来。我也不知道这是为什么，好像整个人都变奇怪了。”

隐约能听见大人们劝慰她的声音，可她的叫喊声并未减弱。

“这么简单的问题都答不上来，我就是个笨蛋，我真没用……啊，怎么办啊？这要是播出去，大家肯定会觉得机器人这种东西任谁都能简单地做出来。烦死了、烦死了。我不想上电视。我不想让别人认识我。我也不想让别人看见我。”

这完全就是在自暴自弃。如果就这样放任她不管的话，会出问题的。

“我得去劝劝她。”

"等一下，东。"

"怎么了？"

"你打算怎么劝？"

"我去跟她说说。下次好好表现不就行了？"

"……东，你真的一点都不知道呀。久留美已经撑不下去了。"

"撑不下去了？你在说什么呢？一定是因为她太容易紧张了。如果再稍微放松一点的话……"

"那她就崩溃了。"

"那你说，该怎么办？"

"让她做回一个普通的女孩子吧。久留美本来就不喜欢出风头或是抛头露面。东应该知道的。"

"好不容易走到这一步，难道要她放弃吗？"

"是呀。我呢，也注意到一件事。当偶像本就不是一件快乐的事情。"

华鸟说完，就连旁边的美嘉也轻轻地点了点头。

"南，还有美嘉，你们也太奇怪了吧。穿着漂亮的衣服，梳着可爱的发型，在演播室里享受着那么多灯光的照耀，那是件多么幸福的事啊……"

"东会觉得快乐，那是因为你喜欢偶像。"

"才不是呢！等你们习惯了，就一定能感受到其中的乐趣。偶像可以让很多人露出笑容，不是吗？没有比这更棒的职业啦！"

“……身……身边的……”

一直默不作声的美嘉颤抖着轻声说道。

“要是……要是无法给身边的人带来笑容呢？”

“啊？”

“现在的小东，变得好奇怪、好可怕呀。”

“……”

“那个曾经救过我的，超棒的小东，已经不见了……以前的你去哪里了？”

美嘉放声大哭，华鸟轻抚着她的背。久留美的哭喊声似乎也没有要停下来的迹象。真正想哭的，应该是我才对。我收拾好东西走出事务所。为什么？为什么——事情会被我搞成这样？我满脑都是后悔，到家之后依然未能平息。

* 3 *

几天后，远藤告诉我，她们三个人已经解除了合约。虽然他没有要求我也一起退出事务所，但节目中那个“东西南北”的环节已经换成了别的企划，我的工作也会全部消失了。与此同时，博客也被迫关闭，事先预定的活动自然也全部中止了，结束曲也换成了其他艺人的新歌。

好不容易才抓住的“偶像”称号，正迅速地从我手中溜走。

我还是第一次怀着如此忧郁的心情来上学。我不愿承认自己丢了魂，可上课的时候只有眼睛在盯着黑板，思绪却早已飘向窗外。

午休时，分到其他班的晶子特意过来找我。

“啊，东。昨天的节目我看了噢。你应该挺忙的吧。在学校里要是有什么困难的话，尽管开口！”

谁会跟你这种人说啊。若是往常，我定会将真实想法隐藏在笑容之下，可我今天做不到。

“谢谢。你在背后说我坏话的事，我可都知道哟。”

提前录制好的VTR现在还在节目中播出，所以周围的人并未发觉“东西南北”的变化。这种时候，下午还得去参加升学说明会。对于前途一片黯淡的我来说，这真是一段非常残酷的时光。

在体育馆里，每个班排成一列坐在台下。台上站着一位三十多岁的黑短发女性，戴着眼镜，穿着套装。

“从高一开始为高考做准备绝对不算早。”在这句开场白之后，她便滔滔不绝地讲起了“推荐的三年升学计划”。就职于一家大型教育公司，作为讲师，每次都要在升学预备校的几百名学生面前进行演讲，这个人算得上是成功的例子吗？

环顾四周，心不在焉的人似乎不止我一个。这些同学们心里都在想些什么呢？我向盘腿坐在我右边，正在看单词本的男生搭话。

“你不听她讲话吗？”

“啊？”

这位连名字都不知道的别班男生惊讶地看着我。

“那个人正在演讲呢。”

“是啊。不过我已经选好学校了。”

“这样啊。”

我好羡慕他知道自己现在应该做什么。

“东呢？”

“你怎么知道我的名字……”

“因为你是名人呀。”

他还抱歉地笑着说，其实并未在电视上见过我。

“东打算考哪里？”

“我还没想好。说不定不考大学了。”

“是啊。那你将来想干什么？”

“不告诉你。”

“不告诉我，那就是已经想好了咯。太好了。”

“为什么‘太好了’？”

“上了高中之后，不是就没有人会问你将来想干什么了吗？进入这所学校就意味着会走向这样的人生，也就是说，会被引导到选择极少的轨道上。就像她说的那样。”

他用小拇指指了指那位正在台上演讲的女性。

“所以呢，我一直都在想，怀有属于自己梦想的人真的存在吗？现在坐在这里听她演讲的学生们，我猜大多数都是因为自己的分数正好合适，所以上了东高，今后也会考与自己的水平相当的大学，给看起来正好能录用自己的公司发简历，然后进入正好录用自己的企业上班。虽然这样倒也不差，但我总觉得有点可惜。”

“那你将来想干什么呢？”

“以勤奋为必要条件的、最棒的职业。”

“最棒的……”

这世上有数不清的职业，他却擅自给它们排了名。这是个多么幸福的人啊。我将这位不知名的男生与这一年来的自己重叠在了一起。

那个我最向往的职业已经不需要我了。当我意识到这一点时，等待着我的是无尽的悲伤与羞耻。我不希望旁边的他也像我一样体会到个中滋味。

“好好学习，加油噢。”

“嗯。也祝你能实现自己的梦想。”

今后我要干什么？再一次扪心自问，可脑海中浮现的理想至今仍未改变。初次见到偶像时，那刻骨铭心的冲击令我无法忘怀。然而，我却不是一个值得被梦想眷顾的人。口口声声说着为了谁，实际上所做的一切全都是为了自己。装出一副善良的样子，可稍不如意便若无其事地伤害他人。我明白这样的人不应该成为偶像。可明白归明白，只要我还是那个脾气差、不轻言放弃的人，我就不会轻易放弃自己喜欢的事情。

我不允许自己现在在这里哭，那真是太丢人了。就算撑不到回家，但至少也得等没人的时候再哭。可是，尽管我没带手帕，却还是没能忍住泪水。我只好将头埋进膝盖，静静地哭泣。

那天放学后，我来到北高校门口等朋友放学。

“对不起。那个……”

“哇，吓我一跳。怎么了？”

“可以的话，能告诉我，以前的我是什么样子吗？”

我做好被甩开的心理准备来到这里，在看清美嘉的表情之前便匆匆低下了头。我盯着她平底鞋的鞋尖祈祷着。

“……好的。那就去那边的公园，跟你稍微说说吧。”

这个公园缺乏供孩子们玩耍的游乐设施，因此除我们之外再无他人。走在前面的美嘉没有坐在长椅上，而是选择坐在了秋千上，我也坐在了另一架秋千上。

“小东，远藤跟你说了吗？”

“嗯。大家都退出了是吧？”

“对不起。”

“美嘉根本不需要道歉呀。”

“可是小东，你眼睛都肿了。”

美嘉将视线从我身上移开，轻轻地荡起了秋千。接着，时光开始慢慢倒流。

“你应该……不记得了吧？那时同学和老师都无视我，只有小东愿意跟我说话。”

“……”

“我当时还担心你那么做会被连带着欺负。可你却告诉我，‘我是有事才找你说话的，凭什么要我放弃。不被我尊敬的人说的话，我是不会听的’。”

“原来我以前就这么傲慢呀。”

“没有啦。你以前就很棒噢。长得漂亮，又聪明，而且绝不会哭哭啼啼的。”

明明刚刚还在哭。我在心里悄悄嘀咕道。

绝不哭泣的孩子。没错，念小学的时候，有一次因为我没有哭，老师还给家长打电话了。我已经完全忘记了，但那件事的起因好像也是因为演讲会。那天他们将全校学生聚在体育馆，呼吁大家远离毒品、大麻。一位留着络腮胡子的大叔哭着讲述他的儿子在事故中丧生，而事故的起因就是危险的毒品。演讲过程中，啜泣声四起，最后儿童会长也哽咽着对他表示感谢。那可怕的场面我永远无法忘记。整个体育馆都被眼泪包围着，那是一个奇怪的空间，若是不哭仿佛就不配为人。

然而，我却哭不出来。只是呆呆地看着那些大人们。留着络腮胡子的男人、老师，望着平时看不到的大人们的哭泣模样，我感到很不舒服。班主任觉得我当时的样子很可疑，演讲结束后还特意打电话给家长。那天晚上，父母问我为什么不哭。因为有充分的理由，我记得当时如实地回答了他们的问题。没想到那样的我，竟然会在升学说明会上哭泣。

“可是后来你出国了……我又变成孤零零一人。若只是那样倒也还好，可我却遭受了过分的待遇。我根本不愿回想那段时光。所以后来干脆就不去学校了，而是改去马场之家。努力准备小升初的考试，考一所与大家不同的学校。我连容貌都改变了，所有的一切都是新的。然而，不过是徒劳罢了。不知是谁将我小学时的事情传到了北高。毕竟乡下就这么点儿地方嘛，那些事很快就传开了。”

“……”

“初中时，我就知道久留美这个人。我好羡慕她。长得可爱，又那么有才华，我每天都在网上查找关于久留美的信息，想知道怎样才能变得像她一样优秀。我想了解她多一点、再多一点，想着想着就产生了想直接见见她本人的想法。我还在车站蹲过点呢，第一次见到真人的时候就觉得好震惊。不过更令我惊讶的是，你居然在她身边。”

“……”

“我的英雄回日本了。于是我拼命地追在你们身后，然后在书店与你打了招呼。”

“欸……”

所以那次并不是偶遇吗?

“小东。”

美嘉用平底鞋摩擦着沙地，强行让秋千停下。容貌与以前截然不同的她，用那双大大的眼睛注视着我。

“我可是你的头号粉丝噢。”

＊ 4 ＊

“请慢用。”

在最里面的桌子上放下四个玻璃杯后，老板走进了柜台。冰果汁那熟悉的味道，令真司不在的违和感显得尤为突出。

“还有这种店啊。”

我将东西南北再会的地点选在了这家熟悉的咖啡店。接下来，我必须与她们三个好好聊聊。我相信这家店能缓和我内心的不安。这次找她们来不是希望她们留在事务所，也不是担心她们会就此讨厌我，而是因为一件我以前可能干过的、非常任性的事。

“华鸟、久留美、美嘉，对不起。”

“……”

“我只是单纯地觉得大家都很厉害。所以，我认为如果是你们的话，一定无所不能。结果却将你们卷进各种是非，我真的是大错特错。”

“小东的梦想……”

久留美轻声说道。

“其实我无意中已经发现了。可我却帮不了你，对不起。无论是成为偶像，还是什么心怀幻想的工作，那些我终究无法做到。让自己的存在影响到陌生人的人生，那实在太可怕了。”

“久留美……”

“因为偶像是无法调试Bug的嘛。”

久留美露出像她那标志性发圈上的兔子一样眼神，困惑地笑了。

“我也很抱歉。”

美嘉低着头开口说道。她双手握着玻璃杯，缓缓抬起头。

“我不应该用模棱两可的态度去做这件事。这样既对不起他，也对不起你。还有……今后我们还能继续做好朋友吗？遇见大家之后，我真的改变了。我会觉得活着真好。”

“没那么夸张啦。那是自然咯，久留美也很喜欢大家，我们永远都是朋友。对吧，小东！”

“当然啦！……可我还是不理解。美嘉，恋爱有那么重要吗？”

“呵呵。等遇到喜欢的人时，自然就能理解了。小东也是。”

那一天何时能到来呢？如今的美嘉满脸幸福，可我却并不想去理解她的这种心情。对于现在的我来说，这样要幸福得多。

“东，我啊。”

一直沉默不语的华鸟缓缓开口。

“已经找到了想做的事情。”

“想做的事情？”

“对。我想在全世界飞来飞去，到处参加支援活动。”

“欸，你是认真的吗？”

“当然是认真的啦。”

我一直以为这位大小姐总是高高在上、自说自话，只会挑轻松的活儿干。现在看来，我或许一点儿都不了解她。

“那考试呢？”

“不考啦。万一出了什么问题，我回来继承我爸的公司就好啦。”

“行动力真强啊。”

“大家不都一样吗？要是没有足够的行动力，我们也不会过上这样的高中生活啦。”

“确实！”

久留美和美嘉异口同声地笑着答道。机器人大赛、义工活动、电视节目。“东西南北”做的全是特殊的事情，然而她们三个却一直陪着我。

“东，谢谢你选了我。”

“愿意找久留美当好朋友的女孩子，小东你是第一个。”

“今后我会一直为你加油的。你应该还没有放弃吧？”

这个世界到处都是无法完成的事，困难永远不会停止。然而，想要收回曾经伸出去的手，必须先抓住什么才行。否则就只能被切断。幸运的是，我的手只是受了一点轻伤而已。

“就算我想放弃，也不能放弃啊。”

听说由知名制作人亲自负责的全新偶像组合要进行第五次审查。我已经将简历发过去了。

尾声

“真的有太多的偶然了。我是无意中参加了一次海选，结果就被选上了……但我没想到自己……竟然能登上这档一直在收看的节目……”

这个问题已经被问了几十遍，而我也是按照事先定好的模板进行回答。我应该戴上虚伪的面具吗？还是将它摘掉？每天都有无数的选择题摆在我的面前。虽然已经习惯了这种生活，但很多时候仍是身不由己。偶像的使命就是不断维护自己的个人形象。

“听说你在高中的时候还当过义工？”

“是的。虽然时间比较短……但也确实做过。想获得他人的感谢并不是一件简单的事。可是，当看到别人因为我的帮助而露出笑容时，我也会跟着一起开心。所以，从事现在这份工作时，我也想看到更多人的笑容。当然，从某种意义上来说，这种想法或许有些自私。”

在观众里看到了我的粉丝。每次活动都会赶来的她们，将写有“小东”的应援毛巾放在膝盖上，微笑地看着我。

“今天的嘉宾是国民偶像组合的队长，东优羽。”

“谢谢大家。”

长达两周的跟踪采访，在录影结束后转化为满满的成就感。坐下时要并拢双腿，吃东西时要优雅，站姿要昂首挺胸，要守时，为了不让皮肤看起来油腻，无论多早都要起床化妆。幸好我明白这些，并努力做到了。在演播室里看到的VTR，里面的自己就是一个十足的偶像。

“辛苦了。”

在演播室外等候的经纪人、化妆师、造型师都鼓掌迎接我。即使穿着高跟鞋，我也连蹦带跳地跑回后台，大家那温柔的表情始终包围着我。

“结束啦，结束啦。”

我在充满便当香味的后台痛快地叫喊着。懒散地换上私服，收拾好东西走出后台。那个人一定正在电梯前等着我。

“辛苦了，小东。”

“谢谢你！古贺制作人。”

浓重的关西口音。虽然画着眉毛，但依然留着那一头金发，穿着便于活动的薄上衣，眼前的古贺似乎只有气场变得强大了。

“待会我要去见她们。”

“真滴吗?!代我向她们问好。”

“好。今天辛苦你了！”

下午六点于代官山艺术馆前集合。录影按时结束，所以时间尚有富余。在地下乘车点坐上接送车，驾驶位上坐着的依然是往常的司机。

“是回家吗？”

“去代官山。我要去那里见朋友。”

大家有多久没聚在一起了？只有我和久留美住在东京，所以如果没有什么活动，大家很难聚在一起。

“我要开摄影展了，希望你来看看。”

时隔八年，他上周给我打来了电话。他也一直没有换号码，当我看到来电显示上的名字时着实吓了一跳。

“停在这里就可以了。谢谢。”

车门尚未完全打开，我便迫不及待地向她们飞奔而去。

“小东！”

最先扑到我身上的是久留美。二十六岁的她头上已经不再用兔子发圈了。

“贵安呀，东。上次很开心。谢谢你。”

这位身穿白外套的大小姐，前不久刚来看过我的演唱会。南每次都会带着小幸过来看我。

“好久不见，小东。”

总觉得挺着大肚子的美嘉有点像马场阿姨。她的第二个孩子即将出生。

“大家久等了。”

“那我们进去吧。小真在里面等着呢。”

星空摄影展　—工藤真司—

仰望着垂下来的巨大幕布上写着的文字，一股热流涌上心头。现在是闭馆时间，所以馆内除了我们再无其他客人。

久留美打开厚重的玻璃门，一位男性出现在我们面前。这个戴着黑框惠灵顿眼镜，穿着驼色裤子的男人，我再熟悉不过了。

“小真！”

“真司！”

他与跑上前去的久留美、华鸟、美嘉互相打招呼。我则站在那儿一直凝视着他。虽然皮肤不似往常那般白皙，但已年近三十的他却丝毫感觉不到苍老。可能因为身材还是那么纤瘦吧，他身上那股柔弱的气息始终挥散不去，但这样反而令我更开心。我安静地望着正在说话的他的侧脸，突然，那黑框惠灵顿将焦点对准了我。

“好久不见了，东。”

“好久……不见。”

“那我们先去转转啦。”

“欸，等一下……”

久留美“砰”地拍了一下真司的背，然后就带着华鸟和美嘉先走了。宽敞寂静的入口处只剩下我与他两个人。原以为他定会像我一样露出困惑的表情，没想到他却满脸温柔地看着我。看来现在的他不借用咖啡也能表现得十分成熟了。

“谢谢你。那么忙还跑过来。”

“没有啦。你挺厉害的嘛，都开摄影展了。”

“这都多亏了你呀。”

他深深低下头，向我说了声“谢谢”。

“我可什么都没做啊。你本来就很有才华。”

“要是以前，你可不会这么说，对吧？”

看着嘿嘿傻笑的真司，我终于不再紧张。这笑容……与那时一模一样。

“我想听听你的看法。回去的时候告诉我，好吗？”

“当然。”

“那我在出口处等你。慢慢看噢。”

与真司分开后，我迈着不安的步伐顺着路往前走。

第一张是石筑的教堂被满天繁星笼罩的照片。我记得这张题为“特卡波湖”的照片中如画一般的风景，但拍摄日期是去年。

当上偶像之后，接触相机的机会也增多了。定期拍写真、CD封面、写真集，可就算经常面对镜头，我对摄影依然不甚了解。想要拍出模糊效果的照片，是应该提高快门速度还是放慢快门速度？我连这都不知道。可就连对摄影一窍不通的我也能看懂，真司拍摄的照片真的很美。

沿着箭头指示继续向前走，眼前是一扇黑色大门。差不多已经看了三十张照片了吧，感觉时间不过须臾。这里应该就是出口了。

咔嚓——

“你终于来啦！”

“等你很久了噢。”

这三个刚才丢下我不管的家伙，正毫无歉意地在那儿等着我。

“你们跑得那么快，真是太过分了。”

“抱歉抱歉。”

“小东，你看！”

美嘉所指之处挂着一幅比刚才展示的照片要大得多的照片。看到这张照片，我不禁失声喊了出来。

“……这张……是……”

当时的记忆被瞬间唤醒。真司那快门声很小的徕卡相机，还有穿着廉价服装的我们。

“这辈子应该再也没有这种机会了吧。”

“没有任何牵挂地去做自己喜欢做的事，因为一些无聊的事而开怀大笑。那真是一段快乐的时光啊。”

“原来我当时的表情这么幸福啊。”

《四重星》。

拍摄日期是距今八年前的五月二十六日。女高中生们正一心憧憬着自己的梦想。

“怎么样？”

“特别棒的摄影展。谢谢你。”

“八年前的事，你还记得吗？”

“看到那张照片就想起来了。是工业祭的时候请你帮忙拍的，对吧？”

“取景器定格的那一瞬间，我至今都无法忘记。”

一心想成为偶像。那时的自己比现在更加幼稚、更愚蠢、更逊色，却也更了不起。

梦想成真的喜悦，只有亲身体会过才能明白。我要大声地对当时的自己说一声“谢谢”。

“或许我应该早点告诉你的。”

“什么？”

“初次见你时，你就在闪闪发光。”

《方位自身》

在意外表的集合体
十六岁的烦恼
大人的定义

追求新颖的时尚
这条嘲笑我的街
我将离它而去

乘着青春的门票
在东西南北盘旋
顺风助我前航
爱让裙角轻扬

探寻着存在的意义
与孤独战斗的人生
毫无预兆地宣告终结
璀璨的起点
正是与你相遇之日

时尚的咖啡店热闹非凡
而我惧怕拥挤的人群
于是走进古老咖啡馆

播放的唱片宛若自己的写照
趁热泪夺眶之前
将咖啡一饮而尽

乘着青春的门票
在东西南北探险
降落无人之境
如今那份勇气已存我心

无数次
刷新最高纪录的人生
于我而言太过耀眼
但仍想实现
与你的约定

在人生地图上
为目标涂上星星标记
无须指南针
只需迎着光亮前行

原作名：《トラペジウム》，作者：高山一实，绘：tae，原版设计：川名润
TRAPEZIUM

First published in Japan in 2018 by KADOKAWA CORPORATION, Tokyo.
Simplified Chinese translation rights arranged with KADOKAWA CORPORATION, Tokyo.

著作版权合同登记号：01-2019-4707

图书在版编目（CIP）数据

四重星 / (日) 高山一实著 ; (日) tae绘 ; 余冬敏译. -- 北京 : 新星出版社, 2020.7

ISBN 978-7-5133-4018-2

Ⅰ. ①四… Ⅱ. ①高… ②t… ③余… Ⅲ. ①长篇小说—日本—现代 Ⅳ. ①I313.45

中国版本图书馆CIP数据核字（2020）第062479号

本书为引进版图书，为最大限度保留原作特色，尊重作者写作习惯，酌情保留了部分外来词汇。特此说明。

四重星

［日］高山一实 著；［日］tae 绘；余冬敏 译

责任编辑：汪　欣
特约编辑：苏靖文
责任印制：李珊珊
装帧设计：杨　玮

出版发行：新星出版社
出 版 人：马汝军
社　　址：北京市西城区车公庄大街丙 3 号楼　100044
网　　址：www.newstarpress.com
电　　话：010-88310888
传　　真：010-65270449
法律顾问：北京市岳成律师事务所

读者服务：010-88310811　service@newstarpress.com
邮购地址：北京市西城区车公庄大街丙 3 号楼　100044

印　　刷：广州市番禺艺彩印刷联合有限公司
开　　本：890mm × 1240mm 1/32
印　　张：7.1875
字　　数：140千字
版　　次：2020年 7 月第一版　2020年 7月第一次印刷
书　　号：ISBN 978-7-5133-4018-2
定　　价：49.00元